KB070510

셋셋

2024

송지영

성수진

정회웅

이열매

이지혜

황해담

차례

소설

시

소설

마땅하고 옳은 일

송지영 | 대학에서 한국어문학을 공부했지만 소설을 쓰기 시작한 건 졸업하고 육 년이 지난 뒤였다. 좋지 못한 기억력에도 마음에 오래 남아 있는 장면들을 혼자만 알 수 있는 방식으로 옮기다 보니 그렇게 되었다. 지금은 일 년의 절반이 겨울인 곳에 살며 종종 번역을 하고 프랑스어를 배운다. 저녁 일곱 시부터는 되도록 소설을 쓰려고 한다.

새하얗게 칠한 강선숙의 방 한쪽 벽에는 보라색 묵주와 달력이 함께 걸려 있었다. 달력은 성당에서 받아 온 것으로 달마다 로마, 이스라엘, 스페인, 체코, 프랑스 등지에 오래도록 자리 잡은 화려한 성당들의 사진이 실렸기 때문에 강선숙은 달력을 한 장씩 넘기는 일을 좋아했다. 날짜 칸에는 성인의 축일이나 행사가 빼곡하게 인쇄되어 있고 때에 맞는 기도를 하다 보면 한 달이 정신없이 지나가 버렸다. 특히 이번 유월은 예수 성심 대축일과 주임 신부 축일 기념 온라인 행사 준비로 유독 바빴으므로 강선숙은 달력을 넘기는 것도 깜빡했고 칠월에 대해 생각해볼 겨를이 없었다. 그래서 뒤늦게 달력을 넘기자마자 놀랄 수밖에 없었는데 바로 이틀 뒤인 목요일 칸에 '미진 대타'라고 쓴, 까맣게 잊은 선약이 빨간 글씨로 굵게 적혀 있었기 때문이다.

부채 의식.

결정적인 순간마다 그것이 자신의 삶을 좌지우지했음을 알면서도 강선숙은 매번 그 단어에 패배했다. 박미진에게 진 부채는 삼 일 치의 간병이었다. 육 개월 전, 평일 저녁 미사 참여자 중에 코로나 확진자가 나왔다는 문자를 받고 강선숙은 그날 성당에 없었던 박미진에게 엄마를 하루만 돌봐달라고 부탁했다. 다음 날 아침 모텔 방에서 음성 판정 문자를 받았지만 집까지 갈 기운과 마음이 도저히 나지 않아 이틀을 더 부탁했다. 엄마는 그로부터 석 달 뒤에 돌아가셨다. 노인을 보면 엄마가 떠올라서 간병 일은 다시 시작도 못 하고 있었지만 그 삼 일 치의 부채는 갚아야 하는 것이었다. 강선숙은 숨을 크게 들이마셔 보았다. 새로 칠한 벽지 냄새가 폐의 깊은 곳까지 침투하는 것 같았다. 잘된 일일지도 몰랐다. 코로나 때문에 미사와 필수적인 활동을 제외하고 대부분의 모임이 중단된 마당에 가만히 있으면 딸 윤정화 생각이 났고, 그러면 자기도 모르게 전화하고 싶은 마음이 생겼으므로 며칠이라도 몸을 움직이는 편이 나았다.

*

최 노인의 집은 마을버스로 다섯 정류장 거리에 있었다. 전광판에 뜬 버스 도착 예정 시간이 두 번 미뤄지자 강선숙은 그냥 걸어가기로 했다. 기다리지 않는 게 선택 사항일 때면 강선숙은 기다리지 않는 쪽을 택했다. 그간 선택할 수 없는 일을 기다리면서 많은 걸 빼앗겼다고 생각했다. 한참 걷다 보니 대형 아파트 단지가 나왔고 강선숙은 나무 그늘이 드리워진 곳에 잠깐 서서 마스크를 내렸다. 이십 분 이상 걸은 지가 오래라 허벅지가 땅기고 숨이 찼다. 강선숙은 박미진의 메시지를 열어 최 노인의 아파트 동과 호수를 확인했다. 주위가 워낙 조용해서 매미 울음의 음절 하나하나가 귀에 꽂혔다. 아직 한 계절밖에 안 지났구나. 시간의 변화를 감지할 때마다 강선숙은 거대한 인력에 의해, 상실하던 바로 그 순간으로 돌아가는 기분이 들었다. 이혼 후에 그랬고, 윤정화가 독일로 간 후에도 그랬으며 엄마가 죽고 나서도 마찬가지였다.

박미진은 강선숙에게 간병 대타를 부탁하면서 최 노인을 세 가지 단어로 설명했다. 섬망, 아들 집, 자영업자. 그

것은 각각 노인의 병, 근무 장소, 고용인의 직업을 뜻했지만 동시에 업무 강도, 근무 환경, 급여를 내포하기도 했다. 박미진만 그런 게 아니라 강선숙과 함께 오 년 전에 간병인 자격증 학원에 다녔던 이들 사이에서 통용되는 방식이었다. 같은 구역 교인들과 2박 3일 제주도 여행을 간다고 박미진은 말했었다. 강선숙이 이사를 마친 지 며칠 안 됐던 오월이었다. 박미진에게 전화가 왔을 때 강선숙은 윤정화가 자꾸 미루느라 독일로 가져가지 못한 상자들을 정리하고 있었다. 재밌겠네. 강선숙이 그렇게 말하자 박미진은 혀를 차며 대꾸했다. 언제 자식 놈이 보내주는 여행 가보나. 아들은 키워봤자 장가보내면 끝이라며 딸을 가진, 특히 윤정화 같은 딸을 가진 강선숙이 부럽다는 볼멘소리를 끝으로 박미진은 전화를 끊었다. 강선숙은 그 말을 곱씹다가 사 놓고 한 번도 못 쓴 28인치 캐리어가 든 수납장에 윤정화의 상자들을 아무렇게나 처박아버렸다. 그리고 며칠 뒤 그것들을 조심스럽게 꺼내어 잘 보이는 곳에 다시 차곡차곡 쌓아두었다.

벨을 누르니 머리가 하얗게 다 센 남자가 문을 열었다.

최 노인이 직접 열어준 건가, 하고 강선숙은 잠시 생각했는데, 제대로 보니 노인은 아니었고 주름이 짙긴 했어도 강선숙보다 고작 몇 살 정도 위일 것 같았다.

박 선생님 대신 오셨죠?

선생님 소리를 들으며 일을 하는구나 박미진은. 엄마를 돌보기 전에 여러 노인을 간병했지만 그것도 벌써 오래전 일이라 자신이 어떤 호칭으로 불렸는지 기억나지 않았다. 강선숙은 최 노인의 아들을 따라 신발을 벗고 집 안으로 들어섰다. 집은 서른네 평 정도로 보였고, 벽지 군데군데 난 누수의 흔적으로 주거의 세월을 짐작할 수 있었다. 그러나 무엇보다 강선숙의 시선을 사로잡은 건 거실벽 한가운데였다. 텔레비전 위에 걸린 액자 안에 신문 기사 여러 장이 오려 붙어 있었다. 액자 오른쪽에는 하얀 윤곽이 또렷이 남아 있었는데, 더 구석으로 시선을 옮겼을 때 그 윤곽의 정체가 괘종시계이며, 신문 기사 스크랩 액자를 거느라 시계가 자리를 옮겨 갔음을 알 수 있었다. 저희가 식당을 하는데 아버님 때부터 유명했거든요. 그렇게 말하는 여자는 최 노인의 며느리였고, 그 말 때문인지 얼굴에 복스러운 분위기가 풍기는 듯했다.

최 노인의 방은 거실 바로 뒤에 붙어 있었다. 최 노인의 아들이 그 방으로 먼저 들어가서 강선숙을 최 노인에게 소개했다.

아버지, 박 선생님 대신 오신 강 선생님이셔요.

강선숙은 선생님이라는 호칭에 고개를 들지 못했다. 선생님뿐 아니라 세상의 모든 존칭을 들을 자격 역시 기다림의 시간 동안 빼앗긴 것 중 하나였다. 최 노인은 목이나 팔 같은 데가 앙상하긴 했지만 아들처럼 머리가 빈 곳 없이 백발로 빼곡했다. 그는 사방에 봉이 달린 침대에 누운 채로 입술을 몇 번 달싹이다가 잘 부탁해요, 강선숙에게 하고 싶은 말을 겨우 전달했다. 아들 내외가 최 노인의 상태와 해야 할 일들을 일러주었다. 최 노인의 나이는 여든여덟. 얼마 전 허벅지 피부암 수술을 받은 이후로 혼자서 걷지 못하게 되었고 진통제를 복용할 때마다 섬망이 온다고 했다.

그래서 아버지를 저희 집으로 모셔 오게 됐죠.

아들은 그렇게 말하고 수고하라는 인사를 건넨 후 집 밖으로 나갔다.

*

근무 시간은 여덟 시 반부터 두 시 반까지였고 며느리가 다른 일을 보는 동안 최 노인 곁에 머물면서 그때그때 그가 하고자 하는 걸 도와주면 되었다. 최 노인은 보통 노인들처럼 수다스럽지 않았다. 침대에 몸을 기댄 채 텔레비전만 봤고 가끔 화장실에 가고 싶을 때만 강 선생님, 하고 강선숙을 찾았다. 때문에 주도적으로 해야 될 일은 없었는데도 강선숙은 가만히 있지 못했다. 노인의 방에서 풍기는 병약한 기운과 냄새가 엄마를 상기시켰기 때문이다. 강선숙은 일어나서 방을 청소하기 시작했다. 최 노인의 방에는 침대와 작은 텔레비전, 책상이 있었다. 책상 위에는 눈금이 가득한 녹색 고무 매트가 깔려 있었다. 잘 깎인 연필 몇 자루가 심을 위로 한 채 통에 가지런히 꽂혀 있었고, 삼십 센티미터짜리 자는 매트의 세로 선에 일치하도록 놓여 있었다. 강선숙은 걸레질을 하며 용도를 잃어버린 지 한참 된 책상일 거라고 짐작했다.

점심시간이 되자 며느리가 강선숙을 불렀다.

어르신이 너무 점잖으셔서 할 일이 없네요.

강선숙이 말하자 며느리가 오늘은 그렇네요, 라고 대답했다. 섬망이 올 때면 말도 못 해요. 며느리는 거실 텔레비전을 켜서 최 노인이 보는 뉴스 채널을 틀고 볼륨을 크게 키운 후 강선숙의 몫까지 점심을 준비했다. 식탁 위에는 밥과 소고기뭇국, 닭볶음탕을 제외하고도 밑반찬이 네 가지나 놓여 있었다. 강선숙은 국물에 말은 밥을 한 숟갈 떠서 최 노인의 입술 앞에 댔다. 최 노인은 그걸 바로 받아먹지 않고 자신의 손으로 숟가락을 한 번 더 잡은 후에야 입에 넣었다. 강선숙이 헛웃음을 짓자 며느리가 민망했는지 저희 아버님이 좀 그래요, 라고 말했다. 뭐든 직접 하지 않으면 성이 풀리지 않는다는 것이었다. 그 얘기를 듣자 더는 최 노인에게서 엄마의 모습이 겹쳐 보이지 않았다. 엄마는 파킨슨병을 앓는 중에 계단에서 굴러서 골반을 다쳤는데 그 후로는 아무런 의사 표현도 하지 않았다.

그때 텔레비전에서 독일과 벨기에에 이례적인 홍수가 발생했다는 뉴스가 흘러나왔다. 강선숙은 자기도 모르게 숟가락을 탕, 내려놓고 거실로 가서 뉴스의 자막을 유심히 읽었다. 하지만 지역명을 여러 번 읽어도 그게 어딘지 알 수 없었다. 슈르트…… 슈르트…… 그곳과 가까운 이름 같기도 하고 먼 이름 같기도 했다. 자기가 사는 곳은 슈투트가르트라고 윤정화가 백 번도 넘게 말해줬으나 강선숙은 매번 그 이름을 완전히 기억하지 못했다. 처음에는 독일이라는 나라를 상상하는 것조차 어려웠다. 히틀러, 정밀 기계. 그게 강선숙이 독일에 관해 가진 지식 전부였다. 그런 나라에서 나고 자란 사람과 윤정화가 결혼을 해서 그곳에서 살겠다고 했을 때 그건 너무 비인간적인 삶이 되지 않을까 강선숙은 걱정했다. 벌써 사 년 전 일이었고 엄마가 돌아가시기 훨씬 전이었으니 그때의 강선숙은 그렇게 생각했다.

윤정화는 근래 들어 나나지(윤정화 남편의 외할아버지 애칭이었다) 이야기를 자주 했다. 나나지가 뇌졸중을 앓은 이후로 성격이 살짝 괴팍해졌을 뿐인데 식구들 모두 그를 요양원에 보내기로 동의했다는 것이다. 일주일에 한 번만 집에 와서, 그것도 오후 열두 시부터 다섯 시까지만 식구들을 만나고 요양원으로 돌아간다고 했다. 윤정화가 찾아갈 때면 나나지가 자기 손을 붙들고 펑펑 운다고, 그러면 홀로 머리가 검은 윤정화마저도 눈물을 참을 수 없는데 남편의 식구들은 그 모습을 다정하다고 말하면서도 표정 하나 없어서 그 나라 자체에 정이 떨어진다고 했다. 윤정화가 그렇게 열을 낼 때마다 강선숙은 아무 말도 하지 못했다.

할머니는 괜찮으시지?

나나지 이야기를 끝으로 윤정화가 또 그렇게 물은 게 이 주 전이었다. 강선숙은 대답했다.

그럼, 정정하시지.

준비 안 하세요?

강선숙이 거실에서 슈르트…… 슈르트…… 하며 휠체어에 앉은 최 노인의 팔을 주무르고 있는데 며느리가 물었다. 강선숙이 예? 뭘요? 되묻자 며느리는 자신의 핸드폰 화면을 손가락으로 가리켰다. 두 시 삼십일 분이었다. 강선숙은 거실에 걸린 괘종시계를 쳐다봤다. 시침과 분침은 각각 1과 4를 가리켰고 초침은 10과 11 사이에 걸친 채 일정한 움직임을 반복하고 있었다. 똑, 똑, 똑. 생활의 소리에 묻혀 있던 불완전한 일 초의 소리가 순식간에 증폭되었다. 강선숙은 짐을 챙겨 아파트 밖으로 나왔다. 똑, 똑, 똑. 머릿속에 각인된 초침 소리에 맞춰 슈르트…… 슈르트…… 하며 걸었다.

*

다음 날 최 노인의 집에 갔을 때도 시계는 같은 움직임을 반복하고 있었지만 강선숙은 슈르트…… 슈르트…… 하지 않았다. 핸드폰 메모장에 저장해둔 슈투트가르트라는 이름을 찾아낸 후 구글 지도를 열어 홍수가 났다는 지역과 대조해보기도 했고, 묵주기도를 하던 중에 윤정화가 사진을 보내왔기 때문이다. 갈비찜 사진이었다. 강선숙의 음식 중 윤정화가 가장 좋아하는 것. 강선숙은 엄마가 직접 담근 간장과 밤, 대추, 한우 갈비로 그 음식을 만들었지만 윤정화는 일본 간장, 알감자, 쇼트 립 등 독일에서 찾을 수 있는 재료로 갈음해서 그 음식을 재현했다. 그 맛이 안 나. 우는 이모티콘 하나. 그 맛이라면 강선숙도 잘 알았다. 엄마의 간장으로만 낼 수 있는 그 맛은 혈관을 타고 돌아다니다가 그 맛, 하고 생각만 해도 혀로 몰리곤 했으니까. 갈비찜 사진이 윤정화의 안전을 대변했기 때문에 강선숙은 윤정화에게 전화를 걸지 않고 '굿 잡'이라는 답장만 보냈다. 그 맛을 찾는 윤정화가 가엾고 애틋한 마음은 묵주를 한 알씩 만지며 잠재웠다.

그래서 최 노인이 전날처럼 점잖지 않은 게 강선숙에게는 도움이 되었다. 최 노인은 침대에 누워서 허공에 떠 있는 뭔가를 쓰다듬는가 싶더니 갑자기 베란다로 누가 들어오려고 한다며 소리를 질렀다. 강선숙은 베란다에 아무도 없다고 최 노인을 설득하다가 이내 책상 위에 있던 자를 들고 와서 휘두르며 자기가 처리할 테니 눈을 감고 있으라는 둥 최 노인의 섬망에 동참하는 방식으로 소란을 가라앉혔다. 그때 며느리는 주방 식탁에 앉아 뭔가 열심히 쓰고 있었는데, 최 노인이 그렇게 손쉽게 제압당한 상황을 믿을 수 없어 거실로 와서 섰다. 그리고 강선숙에게 대단하다고 했다. 밤새 한숨도 못 잤는지 눈이 퀭했다.

저희도 앞으로 그렇게 해야겠어요, 강 선생님.

대단하다는 말과 강 선생님이라는 호칭에 강선숙의 얼굴은 다시금 붉어졌다. 그것을 들키지 않으려고 시부를 모시는 사람이 더 대단하다는 말로 며느리를 치켜세웠는데 며느리 역시 손을 내저으며 자신을 낮췄다. 시누이들이 일주일에 한 번씩 교대로 국과 찬을 바리바리 싸 들고 와서 자기는 음식도 할 필요가 없다고, 게다가 험한 일(최 노인의 섬망을 감당하거나 새벽에 화장실에 데려가는)은 남편이 담당하니까 자기는 다른 여자들보다…… 그 대목에서 최 노인이 누가 쳐들어온다고 또 소리를 치는 통에 강선숙은 휘휘, 하며 자를 몇 번 더 휘둘렀다. 최 노인이 입을 다물자 잠시 세 사람 사이에 정적이 찾아왔다. 그러자 거실에 걸린 괘종시계가 다시 존재를 드러냈다. 똑, 똑, 똑. 강선숙은 소리의 근원지를 바라보았다. 분침은 용케도 4에서 8로 옮겨갔지만 초침은 여전히 앞으로 성큼성큼 나아가지 못했다. 그리고 그 모습이 거슬리는 건 강선숙뿐인 듯했다.

……선생님은요?

이윽고 며느리가 그렇게 물었을 때 강선숙은 무슨 이런 질문이 다 있나 생각했다. 다른 여자들보다…… 선생님은요? 다른 여자들보다 강선숙은…… 굳이 대답하자면 나을 것도 못 할 것도 없었다. 윤정화가 열세 살일 때 이혼한 뒤 대출금을 갚고 양육비를 벌기 위해 공장을 옮겨 다니며 정신없이 일하다가 육십을 앞두고 해고당했다. 그래서 아웃소싱 업체를 찾아갔는데 거기서 간병 일을 제안받았다. 강선숙은 바깥쪽으로 굽은 자신의 두 검지를 내려다보았다. 차갑고 딱딱한 부품을 조이기에 최적인 모양이었다. 노인을 매만지는 일은 그처럼 자신을 휘어놓지 않을 것 같았다. 강선숙은 바로 간병 학원을 찾아갔고 거기서 박미진을 만났다. 인생의 비슷한 시기에 놓여 있던 두 사람은 금세 가까워졌고, 무릎이 상해버리기 전에 그동안 누리지 못한 것들을 함께 누리기로 했다.

첫 해외여행으로 베트남에 간다고 하자 윤정화는 간단한 영어 문장 몇 개를 한글로 음차하여 적어주었다. 베트남에 가는데 영어가 왜 필요하냐고 강선숙이 묻자 영어는 어디서든 다 통한다고 윤정화가 대답했다.

어디서든.

그 얘기를 들으니 정말로 웨얼 이즈 토일럿, 아이 원트 워터 같은 문장을 손에 쥐기만 하면 어디로든 갈 수 있을 것만 같았다. 그 뒤로 강선숙은 영어 낱말 카드를 집 안 곳곳에 붙여 두고 틈날 때마다 윤정화가 찾아준 유튜브 강의를 들었다. 외국인이 하는 말을 다 알아들을 수는 없었지만 기본 관광 회화 몇 마디는 입에서 금방 뱉어낼 수 있었고, 윤정화의 남편과도 영어로 간단한 대화를 나눌 수 있게 되었다.

그러나 베트남 여행 계획은 박미진의 건강 문제로 취소되어버렸다. 이후 육십이 됐을 때, 한 달 동안 스페인 산티아고 순례길을 꼭 가자고 박미진과 다시 약속했지만, 이번에는 강선숙이 엄마를 모시게 되면서 계획이 틀어졌다. 강선숙은 막내였고 오빠와 언니가 하나씩 있었는데 엄마가 재산을 일찌감치 물려주는 바람에 오빠는 잠적해버렸고 멀리 사는 언니는 남편 눈치가 보여서 엄마를 떠맡을 수 없으니 대신 생활비를 보태겠다고 했다. 강선숙에게는 남편이 없는 대신 간병인 자격증이 있었으므로 엄마를 모시는 일은 자연스럽게 강선숙의 몫이 되었다. 삼 년 전의 일이었다.

윤정화가 독일로 떠나고 조금 적적할 때였으니 엄마와 둘이 사는 게 나쁘지 않을 것 같았다. 그때는 엄마가 거동할 수 있어서 강선숙이 성당에 오갈 수 있었으니까. 시간이 더 지나고 힘에 부치면 엄마에게 받은 돈과 언니가 보내는 돈으로 언제든 요양원에 맡길 수 있을 테고, 자주 찾아가면 된다고 생각했다. 불공평하다는 생각이 없지는 않았다. 아들이라는 이유로 오빠에게 재산을 훨씬 많이 넘

겨준 엄마도 야속했고 엄마의 여생을 분담하지 않고 도망친 오빠는 인간 같지도 않았다. 하지만 언니를 원망하지는 않았다. 언니보다 본인이 엄마에게 조금 더 많은 것을 받았다는 사실을 강선숙도 알았다.

햄 부침과 몇 마디의 말과 웃음.

엄마는 언니 몰래 오빠와 강선숙의 도시락에만 금요일마다 햄 반찬을 넣어주곤 했다. 언니는 야, 강인숙, 하고 불렀지만 강선숙은 애, 선숙아, 하고 불렀다. 학교를 마치고 집에 오면 엄마는 마당에서 항아리에 장을 담고 있었다. 그런 엄마의 뒤축이 늘 무거워 보인다고 강선숙은 생각했다. 강선숙은 쭈그려 앉은 엄마 옆에서 일과를 얘기하거나 장의 맛을 보며 엄마의 뒤축을 가볍게 만들 줄 알았다. 그러니 강선숙이 엄마에게 더 받은 내역은 그 시대 여자들의 뇌에 통속적으로 박힌 사상(결국 부모의 제사를 지내주는 건 아들) 때문에 오빠를 우선순위에 놓는 행위와는 달랐다. 하지만 그게 언니의 잘못은 아니라는 것 역시 강선숙은 알고 있었다.

막내딸이 제일 효녀야.

단둘이 있을 때만 엄마가 했던 그 말을 언니는 귀로 듣지 않아도 알고 있었을 것이다. 그러므로 강선숙은 더 준 엄마와 덜 받은 언니 모두에게 빚을 진 셈이었다.

최 노인은 섬망이 온 와중에도 스스로 할 수 있는 일에는 강선숙에게 틈을 내주지 않으려 했다. 휠체어에서 침대로 자신의 몸을 옮기는 것까지는 강선숙의 손을 빌렸지만 이불을 덮고 침대 머리를 세우기 위해 버튼을 누르는 일은 직접 했다. 뉴스에서는 새로울 것 없는 코로나 얘기가 한창이었다.

천 마스크를 써도 평균 이십칠 분이면 전염된다는 내용. 확진자도 피해자일 뿐이니 비난을 멈춰야 한다는 내용. 도무지 끝이 안 보인다는 내용. 육 개월 전부터 강선숙의 머릿속 깊숙이 각인된 정보들이었다. 그때 최 노인이 박 선생, 하고 갑자기 강선숙을 불렀다.

박 선생, 장부 좀 갖다 줘요.

강선숙은 그게 무엇인지 몰라 거실에서 빨래를 개던 며느리에게 물었다. 순간 며느리의 안색이 새파래졌고 집 안의 공기도 무겁게 내려앉는 듯했다. 똑, 똑, 똑. 며느리가 작은방에 들어간 사이 초침 소리가 다시 요란하게 들려왔다. 며느리는 곧 봉투 하나를 꺼내 와서 식탁 위에 있던 두꺼운 책과 함께 최 노인에게 건넸다. 강선숙의 도움을 받아 책상에 앉은 최 노인은 장부를 펼치더니 이미 뾰족한 연필심을 한 번 더 깎은 후에 봉투에서 돈을 꺼냈다. 그러다가 갑자기 불같이 화를 내며 돈 봉투를 바닥에 내던졌다.

누구를 바보로 알아?

며느리가 작게 한숨을 내쉬었다. 그러고는 얼굴이 벌게진 채로 무릎을 굽히고 앉아 돈을 주웠다. 강선숙도 말없이 며느리를 도와 돈을 주웠다. 주워 보니 돈의 질감이 아니었고, 왼쪽 상단에 완구라는 단어가 쓰여 있었다. 강선숙은 핸드폰으로 시간을 확인했다. 퇴근 팔 분 전이었다. 이만 가보겠다고 말했다. 간병을 하다 보면 굳이 몰라도 될 일들이 잘못 박힌 못처럼 비죽 튀어나오는 경우가 있었다. 퇴근 시간이 아니어도 셔터가 저절로 닫히는 순간이었다.

*

해가 저물어도 내려앉은 볕이 뜨거워서 강선숙은 걷는 내내 땀을 흘렸다. 평일 저녁 미사라 가뜩이나 참석하는 사람이 적은데 다들 기다란 의자에 띄엄띄엄 앉아 있으니 성당이 텅 비어 보였다. 강선숙은 성수를 손에 묻혀 이마와 가슴과 양어깨에 찍었다. 온몸에 스며든 열감이 가라앉는 듯했다. 자리를 잡고 주보를 읽다가 십자가 위에 그려진 벽화를 바라보았다. 검은 머릿결의 성모 마리아가 붉은 포를 쓰고 입술을 굳게 다문 채 두 손을 모으고 있는 그림이었다. 박미진의 아들 결혼식이 있어 성당에 처음 갔다가 알 수 없이 그 벽화에 끌려서 강선숙은 신앙생활을 시작했다. 벽화를 오랫동안 응시하다가 집으로 돌아오면 붉게 남은 잔상이 어둠 속 점이 되어 자신을 위해 기도해주는 기분이 들었다. 성가대 활동이나 각종 기도 모임에 참여하다 보면 윤정화가 한국에 오는 시기도 금방 돌아왔다. 함께 어울려 다니는 여자들 대부분 신앙보다는 강선숙과 비슷한 이유로 성당에 다녔다.

오늘 미사엔 김 안드레아를 위한 연미사가 봉헌됩니다.

앞쪽에 유독 사람들이 뭉쳐 앉아 있었는데 죽은 이의 가족들일 거라고 강선숙은 생각했다. 엄마의 첫 기일은 한참 남아 있었다. 아마 다음 해에는 강선숙 홀로 이 성당에서 그녀의 명복을 빌 것이다. 그다음 해에도 다다음 해에도.

의사는 의학적 사인을 '파킨슨병 추정'이라고 적어주고는 병력이 있어서 적긴 했지만 노환에 따른 자연사로 보는 게 맞다고 설명했다.

코로나예요.

강선숙의 말에 의사가 도리어 눈을 동그랗게 뜨고 예? 되물었다. 폐에 별다른 이상은 없어 보였는데 부검을 원하느냐는 의사의 말에 강선숙은 고개를 저었다. 부검 결과가 어떻게 나오든 강선숙이 생각하기에 엄마의 사인은 코로나가 맞았다. 엄마의 장례는 간소하게 치러졌다. 코로나 탓도 있지만 코로나가 아니어도 조문을 올 사람이 그렇게 많지는 않았다. 오빠와 그의 식구들에게는 연락할 방도조차 없었고(물론 방도를 알아도 연락하지 않을 생각이었지만) 윤정화도 한국에 없었다. 게다가 강선숙은 윤정화뿐 아니라 지인들에게도 엄마의 부고를 전하지 않았다. 언니와 형부, 조카 부부 두 쌍이 데리고 온 아이들 세 명. 그리고 그들 각자가 부른 가까운 지인들이 전부였다. 아이들이 떠들고 뛰는 소리 말고는 적막했던 삼 일이었다. 칠십 대에 심장마비로 세상을 뜬 아버지의 장례식과는 사뭇 다른 분위기였다.

아버지 장례식에도 왔던 언니의 친구가 강선숙의 손을 꽉 잡으며 위로의 말을 전했다. 그래도 아버지 때와 다르게 호상이잖아. 그 말을 듣고 강선숙은 호상이요? 계속 되물었다. 그래, 호상. 아, 호상이요. 호상……이요. 시체를 운구하기 전 가족들은 한 명씩 돌아가며 엄마에게 마지막 인사를 건넸다. 다들 들리지 않는 소리를 중얼거리며 눈물을 흘렸다. 금방 휘발될 말과 눈물들 사이에서 강선숙 혼자 가문 얼굴이었다. 이제 이 사람들과 함께 납골당에 가거나 연미사를 지내며 엄마를 추억할 일은 없었다. 함께 모여 엄마가 아닌 이야기를 나눌 일도 없었다.

봉헌 시간이 되자 강선숙은 신자들 줄에 합류하여 제단에 놓인 고인의 사진을 한 번 보고 향초에 불을 붙였다. 고인을 위해 묵념하는 그 시간에 강선숙은 자신이 죽기 전 겪을 일상을 상상했다. 요양원 한구석에 자리한 채 오늘도 딸에게 전화가 오지 않았느냐고 간호사에게 자꾸만 물어보겠지. 슈르트…… 하는 곳에서 전화가 왔을 거라고 우기며. 아니, 그 정도면 다복하지. 요양원에 갈 처지조차 못 돼서 목숨을 앗아가긴커녕 고통만 더해주는 병을 달고 살며 집에서 홀로 죽을 날만 기다리고 있을지도 모른다.

엄마의 장례가 끝난 당일 강선숙은 성당에 찾아가서 고해성사를 봤다.

엄마를 죽였습니다.

강선숙의 고해에 신부는 한참 침묵을 지키다가 정말로 그랬습니까, 하고 물었다. 자매님, 주님께서 보고 계신데 정말로 그랬습니까. 목소리만 듣고도 신부는 참회자가 누구인지 대번에 알아본 듯했고, 그래서 더욱이 책망의 어투가 아니라 정말로 그랬는지 다시 잘 생각해보라고 달래주는 것 같았다. 그러자 엄마의 사망 판정을 들었을 때도, 장례를 치르는 동안에도 메말라 있던 강선숙의 눈에서 눈물이 쏟아졌다.

고작 삼 년. 결혼 전 엄마밖에 모르며 살던 이십육 년과 결혼 후 엄마와 살던 때를 그리워했던 삼십팔 년의 이십 분의 일도 안 되는 그 짧은 기간 동안, 강선숙은 엄마의 존재를 견딜 수 없었다. 함께 산 지 일 년이 좀 안 되고 엄마가 파킨슨병을 진단받았을 때만 해도 왜 우리 엄마에게 이런 병을 주시느냐며 하느님을 탓했지만, 엄마가 골반을 다친 이후로는 원망의 화살이 엄마에게 돌아가기도 했다. 밥 차리고 기저귀 갈고 엄마를 운반하고 밥 차리고 기저귀 갈고 엄마를 운반하고 밥 차리고 기저귀 갈고 엄마를 구석구석 씻기고 설핏 잠들었다가 다시 기저귀를 갈고. 몇 개월 더 지나자 듣도 보도 못한 질병이 전 세계에 퍼졌고 강선숙은 엄마와 함께 집에 갇혀버렸다. 혼자서는 화장실도 가지 못하는 상태가 되고도 거실에 옮겨 놓으면 굽은 손가락을 덜덜 떨며 메주를 쑤는 엄마를 보면서 몸서리쳤다. 이곳저곳 지속적으로 상하면서도 끊어지지 않는 그 끈질긴 목숨이 섬뜩했다.

막내딸이 제일 효녀야.

엄마가 비뚤어진 입으로 끝내 완성한 그 말을 들을 때면 강선숙은 엄마의 코를 감싸 쥐어서 숨을 멎게 하고 싶은 충동이 들었지만 차마 그럴 수 없어 자신의 코를 감싸 쥐고 고래고래 소리쳤다. 제발 그놈의 메주 좀 내 집에서 그만 쑤라고. 이제 당신의 메주로 담근 간장을 원하는 이는 이 세상에 없다고. 엄마 옆에 나란히 쭈그려 앉아 조잘대며 간장 맛을 보던 막내딸은 예순넷의 강선숙 안에 더 이상 존재하지 않았다. 이제 그 간장은 갈증만 불러일으킬 뿐 강선숙의 삶에 켜켜이 쌓인 어떤 감정도 해소해주지 못했다. 가뭇한 낮빛은 이미 이승이 아닌 저승을 비추고 있는데, 당신의 육체와 정신은 더 이상 당신이 엄마였던 시절을 떠올리게 하지도 못하는데, 이 세상을 떠나는 것이 당신에게도 훨씬 나은 일일 텐데 왜 아직 이곳에 남았을까.

햄 부침과 몇 마디의 말과 웃음. 고작 그 정도의 내역으로 자신이 전부 떠안게 된 부채에 질식할 것만 같았던 어느 날, 강선숙은 요양원을 알아보러 외출했다. 한 번 어르신을 맡기면 코로나 때문에 면회가 아예 불가능하다고, 그래도 정말 괜찮겠느냐고 접수원은 까랑까랑한 목소리로 물었고, 강선숙은 잠시 망설이다가 가장 빠른 날로 입소를 결정했다. 집에 돌아오니 엄마는 방에 가만히 누워 텔레비전을 보고 있었다. 종일 엄마를 피하다가 저녁을 챙겨줄 때였다.

죽고 싶은데 왜 죽어지지도 않나 몰라.

엄마가 그렇게 말하며 희미하게 웃었다. 강선숙은 엄마가 식사를 다 마칠 때까지 조용히 기다린 후 빈 그릇을 싱크대로 가져왔다. 한참 설거지를 하다가 고무장갑을 낀 두 손으로 얼굴을 감쌌다. 요양원에 전화를 걸어서 입소를 취소했다. 그리고 집 안에 붙여둔 영어 낱말 카드를 모두 뜯어낸 후 화장실에서 가슴을 치며 낮은 음성으로 기도문을 읊었다. 제 탓이요, 제 탓이요, 저의 큰 탓이옵니다. 그러므로 간절히 아뢰오니 평생 동정이신 성모 마리아와 모든 천사와 성인과 형제들은 저를 위해 하느님께 빌어주소서.

강선숙은 신부에게 대답했다.

제가 죽인 거나 마찬가지입니다. 엄마가 죽기를 바랐습니다. 엄마가 죽었으면 하고 매일을 바랐습니다.

신부가 말했다.

인간이라면 누구나 그렇습니다. 그것은 마땅한 마음입니다.

코로나 때문에 좁은 고해성사소가 아닌 널찍한 방 안

에서 얇은 막 하나를 사이에 둔 채 강선숙은 마땅한 마음에 대해 생각했다. 박미진에게 전화를 했던 날을 떠올렸다.

성당에서 확진자가 나왔다는 소식을 문자로 받은 그날, 강선숙은 엄마의 방문을 천천히 열었다. 그리고 시간을 셌다. 마스크를 쓰더라도 전염까지 평균 이십칠 분이 걸린다고 했다. 강선숙은 마스크를 코밑까지 내렸다. 그리고 숨을 내뱉어보았다. 덜덜 떨리는 손에 다시 한번 힘을 주어 이번에는 마스크를 턱밑으로 내렸다.

그 상태로 일 분, 이 분, 삼 분…….

초침이 그토록 발을 질질 끌며 육십 걸음을 걸어야 겨우 일 분이 된다는 것을 강선숙은 그때 처음 알았다. 사 분, 사 분 십 초, 사 분 삼십 초…… 그러다 오 분까지 십 초 남았을 때, 강선숙은 마스크를 올렸다. 엄마의 방문을 닫고 자기 방까지 뛰어 들어가 문을 세차게 닫은 후에 박미진에게 전화를 걸었다. 일시적일 거라고 믿으며 기다리는 엄마의 생 중 삼 일을 부탁했다.

마땅하고 옳은 일인가요?

강선숙이 그렇게 물었을 때 신부는 잠시 침묵했다. 그

러고는 묵주기도 고통의 신비를 삶이 다하는 날까지 매일 욀 것을 보속으로 주었다. 그다음 주에 교무금을 내러 사무실에 들렀을 때 강선숙은 사무장에게서 보라색 묵주를 선물로 건네받았다. 누군가 맡기고 간 것이라고 했다.

*

미사가 끝나고 집에 들어섰을 때 현관의 형광등은 강선숙을 인식하지 못했다. 강선숙이 두어 번 팔을 휘젓고 나서야 집은 자신이 소유한 것들을 내비쳤다. 엄마가 죽은 후 도망치듯이 이사 온 신식 아파트. 엄마의 메주와 간장 냄새가 배어 있지 않은 집이었다. 거기에는 강선숙의 요청으로 새하얗게 칠해진 벽지와 윤정화가 독일에서 쓰는 통화로 지불한 울트라 씬 텔레비전과 원목 협탁이 있었다. 한복을 차려입은 강선숙을 가운데 앉혀 두고 웨딩드레스를 입은 윤정화와 턱시도를 입은 윤정화의 남편이 환하게 미소 짓는 사진이 있었다. 강선숙이 윤정화를 사랑하는 이유는 윤정화가 외동딸이어서가 아니라 윤정화이기 때문이었다. 엄마가 언니보다 강선숙에게 더 많은 것을 줄 수밖에 없었듯이. 윤정화는 결혼식 때 자기 아버지를 초대했지만 혼주석에 앉히지는 않았다. 의자는 단 하나뿐이었고 강선숙이 그 자리에 앉아 두 사람의 절과 눈물과 웃음을 받았다.

강선숙은 그 사진을 볼 때마다 가운데 앉아 있으면서도 외국인인 윤정화의 남편보다 자신의 거리가 그들에게서 가장 멀다는 것을 생각했다. 윤정화가 암만 이런저런 선물을 보내올지라도 그것은 사물일 뿐이고 혼주석에 홀로 앉히고 싶은 마음은 언제든 변할 수 있는 것이었다. 일 년에 한 번씩 강선숙을 보러 오겠다던 윤정화의 계획은 코로나 때문에 벌써 무너져버렸다. 윤정화는 조금만 더 잠잠해지면 바로 한국에 오겠다고 코를 훌쩍이면서 울었다. 그럴 땐 어릴 적 나를 졸졸 쫓아다니던 사랑스러운 모습 그대로지만 결국 너도 나나지의 죽음보다 나의 죽음을 덜 슬퍼하게, 혹은 안도하게 되겠지. 이사 오면서 엄마의 유품은 모두 처리했으므로 새집에 자리한 물건들은 강선숙 아니면 윤정화에게 속한 것들이었다. 윤정화의 물건들은 수납장 안에서도 손이 잘 닿는 공간에 정돈된 채로 독일에 갈 날을 기다리고 있었다. 곧 강선숙의 집에서 또 한 번 처리되어야만 하는 것들이었다.

*

삼 일 치의 부채가 탕감되는 날에도 버스의 도착 예정 시간이 밀리고 또 밀렸기에 강선숙은 첫날처럼 걸었다. 최 노인의 집에 들어가니 전날에는 없던 아들이 뒷짐을 쥐고 서 있다가 인사를 건넸다. 이발하셨나 봐요. 묘하게 인상이 달라져 있어서 강선숙이 인사 대신 물었는데 아들은 웃으며 아니라고 대답했다. 거실의 분위기도 뭔가 바뀌어 있었지만 무엇 때문이라고 명확히 짚어낼 수가 없었다. 강선숙은 화장실로 들어가 손을 씻으며 거울 속에 비친 자신의 얼굴을 한 군데씩 뜯어보았다. 육십 줄 넘어서 저이처럼 신수가 훤해진 적이 있던가 생각했다. 윤정화는 한국에 올 때마다 강선숙의 얼굴을 보고 자꾸 늙는 것 같다며 울었다. 나이를 한 살씩 먹을 때마다가 아니라, 일정한 시기에 몇 년 치의 노화가 한꺼번에 진행된다는 이야기를 들은 적이 있었다. 강선숙은 그중 두 시기가 정확히 언제인지 알 것 같았다. 윤정화가 독일로 떠나겠다고 말한 날과 엄마가 골반을 못 쓰게 된 날. 그 두 날은 강선숙의 이마 위에 선명한 두 줄로 각인되었고 영영 지워지지 않을 것이다.

최 노인의 방문은 살짝만 열려 있었다. 아버님이 아직 주무실지도 모른다고 며느리가 강선숙에게 속삭였다. 어제도 종일 섬망 때문에 한숨도 못 주무셨거든요. 그러고는 문틈에 대고 아버님, 하고 불렀다. 대답은 없었지만 이불이 바스락거리는 소리가 새어 나왔다. 며느리가 들어가도 된다는 눈짓을 보내서 강선숙은 문을 밀어보았다. 방안이 어딘지 허전한 느낌이었다. 처음에는 뭐가 달라졌는지 알아보지 못했다. 그러다 침대 앞에 앉아서 최 노인과 눈이 마주친 순간.

보였다.

책상이 사라진 자리가.

고개를 돌리지 않아도 달라진 게 그것이었다는 걸 뒤늦게 감각할 수 있었다. 책상과 함께 연필과 자와 고무 매트도 사라졌을 것이다. 최 노인의 얼굴은 한껏 수척해져 있었다. 도대체 어떤 밤을 보낸 걸까. 강선숙은 최 노인의 눈을 물끄러미 응시했다. 그 눈에는 이 방에서 사라진 모든 것들이 담겨 있었고, 또한…… 강선숙이 있었다.

그 눈동자 속에서 강선숙은 분주하게 움직이고 있었다.

어스름한 새벽이었다. 강선숙은 전날 엄마가 거실 바닥에 쏟은 간장의 비릿한 냄새에 일찍 잠에서 깼다. 누워서 관자놀이를 누르다가 몸을 벌떡 일으켰다. 자신의 발소리에 아랑곳하지 않고 부엌 찬장까지 걸어가서 간장이 담긴 페트병 다섯 개를 끌어안았다. 그리고 욕실로 향했다. 한 병씩 욕조에 버렸다. 병이 빌 때마다 신경질적으로 구겨서 공기를 빼냈다. 작은 아파트에 딸린 두 방 어디든 침투하지 않을 수 없는 소리였다. 하나, 둘, 셋, 넷…… 다섯 병을 전부. 그러고는 편의점에 가서 간장을 종류별로 여러 개 사 와 찬장에 채운 후 다시 잠이 들었고 점심때가 지나서야 눈을 떴다. 엄마는 자기 방에 조용히 누워서 텔레비전만 보고 있었다.

그때 엄마의 표정을 강선숙은 살피지 않았다. 그렇지만 이제는 보였다. 최 노인과 눈이 마주친 순간 책상이 사라진 자리가 보였듯이.

두 시 반이 되자마자 강선숙은 최 노인에게 마지막 인

사조차 하지 않고 얼른 거실로 나와 이만 가보겠다고 말했다. 잠깐만요. 며느리가 강선숙을 불러 세우고 작은방으로 들어갔다. 일 분도 안 되는 그 시간이 영겁 같다고 생각하는 순간, 어떤 소리가 들려왔다.

아무것도 움직이지 않는 소리였다.

눈을 들어 거실 벽을 바라보았다. 괘종시계가 자리에 없었다. 걸려 있던 자리 왼쪽에 윤곽만을 남긴 채 사라져 버렸다. 며느리가 작은방에서 나와 봉투를 건넸다.

사흘 동안 감사했습니다, 강 선생님.

그 마지막 인사말 중 강선숙이 기억하고 싶은 단어는 단 하나도 없었다.

두 시 반의 태양은 무자비하게 볕을 내리쬈다. 강선숙은 도저히 걸을 수가 없어서 최 노인의 집 라인 앞 벤치에 앉았다. 그늘 안에 몸을 숨겨도 숨은 가빴고 매미는 여전히 소란스럽게 울어댔다. 한동안 가만히 앉아 있다가 핸드폰을 꺼내 보니 윤정화에게 메시지가 와 있었다. 비행기 표를 구매했다는 말과 이모티콘 여러 개. 강선숙은 창을 열어 윤정화가 온다는 날짜를 확인했다. 십일월 표였다. 겨울 두 달 동안 윤정화가 강선숙의 새집에서 머물 것이다. 강선숙은 하늘을 쳐다보며 독일과의 시차를 계산했다. 강선숙이 보는 태양을 윤정화는 볼 수 없겠지만 누구의 밤을 방해하지 않고도 통화할 수 있는 시간이었다. 전화를 받은 윤정화는 자가격리 면제와 남편의 한국 방문 비자에 대해 숨도 쉬지 않고 설명했다. 강선숙은 평소처럼 윤정화의 말을 가만히 듣고 있었다. 윤정화가 할 말을 다 끝내고 별일이 없냐고 물었다.

매미 소리가 멈추면, 이라고 강선숙은 생각했다. 매미 소리가 멈추면. 네가 기억하는 집에 살던 두 사람은 죽었다는 이야기를. 그러나 핸드폰 너머로 윤정화가 엄마, 엄마, 하고 애타게 불러도 강선숙의 입에서는 아무 말도 나오지 않았다. 강선숙은 그저 앉아 있을 뿐이었다. 일정한 간격으로 도돌이표처럼 재생되는 매미 소리는 윤정화가 있는 독일까지 끝을 모르고 울려 퍼지고 있었다.

겨울까지.

겨울이 아닌 계절까지 강선숙의 발걸음을 쫓아올 소리였다.

재채기

성수진 | 국어교육을 전공했다. 소설 쓰는 사람이 되고 싶었지만 망설인 시간이 길었다. 배워야 쓴다는 조언을 듣고 배우며 썼다. 날마다 두려움을 헤치며 소설을 쓰고 고친다.

지하철역에서 빠져나와 지하상가를 따라 느리게 걷기 시작했다. 집에 들어가기 전 한 시간쯤 산책을 해야 저녁 먹을 기운이 났다. 경태 씨와 헤어지고 나서부터 그렇게 되었다.

니트를 한 장 사볼까 싶어 보세 옷 가게가 늘어선 구역을 천천히 둘러봤지만 누군가의 발길에 차이고는 금세 질려버렸다. 크리스마스트리 장식을 한 뒤로 지하상가는 평일, 주말 할 것 없이 붐볐고 난방기 열기에 사람들의 더운 숨까지 합쳐져 후끈했다. 나는 공무원 시험 학원이 있는 쪽 출구로 나왔다. 이승만과 맥아더 초상화가 걸린 표구사를 지나면 곧 도장집이 나타난다는 걸 알고 있었다. 유리창에 인장 명장의 인터뷰 기사가 붙은 곳이었다. '도장을 판다는 건 새로 태어난다는 의미죠.' 따옴표 속 문장을 읽으면 경태 씨가 내게 마지막으로 한 말이 떠오르곤 했다.

한 달 전 경태 씨에게 우리 이제 헤어져야겠다고 말했다. 밤이었고 경태 씨와 내 집 중간쯤에 있는 공원 벤치에서였다. 바람이 불 때마다 낙엽 냄새가 났다. 경태 씨는 그러기 싫다고 여러 번 얘기하더니 내 단호한 표정을 바라보며 결국 이렇게 됐네요, 하고 울먹였다.

"난 현진 씨가…… 자신을 더 아꼈으면 좋겠어요."

경태 씨는 뜀박질이라도 한 것처럼 거칠게 숨 쉬며 시선을 내리깔았고 인사도 없이 벤치에서 일어나 터덜터덜 걸었다. 나는 흔들리는 경태 씨의 어깨를, 가로등 아래서 환해졌다가 다시 어두워지는 등을 멍하니 바라보았다. 눈물 같은 건 나오지 않았다.

'결국' 경태 씨에게 나는 자신을 아끼지 않는 사람으로, 그 한마디로 남았을 것이다. 같은 방식으로 경태 씨에 대해 말해보자면, 경태 씨는 싱거운 사람이었다. 하지만 나는 그런 쉬운 말로 경태 씨를 뭉그러뜨리지 않을 것이다.

손을 많이 쓰는 경태 씨는 손마디가 굵고 단단했다. 그에 비해 발은 여렸다. 아치가 거의 없었고, 발바닥 전체가 부드러운 대신 뒤꿈치에 굳은살이 박였다. 그리고 경태 씨는 내가 좋아하는 걸 함께 좋아하려는 사람이었다. 먹는 것도 가는 것도 하는 것도 현진 씨가 골라봐요, 현진 씨가 좋은 데로, 현진 씨가 괜찮으면 이었다. 시간이 흐르며 나는 우리의 만남이 너무 단조롭다고, 뭐든 내가 하고 싶은 걸 하는 게 아니라 내가 하고 싶어 하는 걸 충분히 이해받으면서 네가 하고 싶은 것도 같이 하는 그런 관계를 원한다고 여기게 되었다. 내가 글을 쓰고 싶어 한다는 걸, 오랫동안 주저하고 있다는 걸 처음으로 알아준 사람이 경태 씨였는데도.

바람이 세차게 불어 패딩 점퍼의 후드를 이마까지 내려 썼다. 양발에 몸무게를 번갈아 실으며 도장집 유리창 너머를 바라보았다. 열 평쯤 될 법한 공간 한쪽에 천장 높이의 나무 장식장이 빼곡했다. 그곳에 진열된 상패와 전각 작품들을 응시하는데 손에 든 핸드폰이 진동했다. 화면엔 엄마, 두 글자가 떠 있었다. 나는 다시 걸음을 떼었다.

전화를 받을까 말까 고민하다가 한쪽 장갑을 벗고 통화 버튼을 눌렀다. 내가 아무런 말도 하지 않자 엄마는 듣고 있니? 나 입원했다, 하며 갈라지는 목소리로 말했다. 갑자기 목이 칼칼해지는 것 같아 대답 없이 듣기만 했다. 엄마는 왼쪽 어깨에 석회 제거 수술을 받았다며 큰일은 아니니 걱정하지 말라고 얘기했다.

"내가 널 너무 많이 업고 다녔나 봐."

엄마는 농담이라는 듯 소리 내어 웃었지만 나는 그 말이 전혀 재밌지 않았고 널 낳지 않았다면, 하고 가정하는 것처럼 들렸다. 과장해서 받아들이는 건 아니었다. 널 낳지 않았다면 더 일찍 글을 썼을 텐데, 같은 말을 엄마는 안부 인사처럼 자주, 심상한 태도로 하곤 했다. 내가 뭐라 답하지 않으면 조용히 덧붙였다. 그만큼 고됐다고. 고등학교 국어 교사였던 엄마는 지난해 글을 쓰겠다는 이유로 명예퇴직했다. 정년을 육 년 앞두고서였다. 아저씨가 밀어준다고 할 때 얼른 해버렸지. 엄마는 무척 설렌다고, 꼭 산타의 선물을 기다리는 아이가 된 것 같다고 했다. 나는 어렸을 때부터 산타 같은 게 있다고 믿어본 적이 한 번도 없었다.

"입원한 거, 네가 알아야 할 것 같아서 전화했어."

"내일 가볼게요."

"아니, 와볼 정도까진 아니고."

엄마는 잠시 목을 가다듬었다.

"여기 먹을 것도 잘 나오고 괜찮아. 필요한 거 없으니까 와서 얼굴만 보고 가."

"그래도 뭐 사 갈 거 없어요?"

"그럼 칫솔 하나 사 올래? 일 층 편의점에서 산 게 모가 좀 딱딱하네. 아저씨가 밖에서 하나 사다 주긴 했는데 그건 또 헤드가 너무 크고. 그 브랜드 뭐였더라, 이따가 이름 찾아서 보내줄게."

집으로 돌아와 노트북을 열고 엄마의 블로그에 들어갔다. 퇴직 이후 엄마는 블로그를 개설해 한 달에 한두 번 글을 올렸다. 빵과 케이크를 만들고 먹으며 떠오르는 단상을 쓴 에세이였다. 삼 주 전 올라온 호두 파이에 관한 글을 마지막으로 블로그는 업데이트되지 않았고, 나는 목록을 훑어 내려가 '딸의 생일 케이크'란 제목의 첫 게시 글을 클릭했다. 다시 읽어보고 싶었다.

'나'라는 화자는 오래전 딸의 열한 살 생일에 티라미수를 먹었던 얘길 했다. 그즈음 자신은 코코아와 커피의 달콤 쌉싸름한 맛이 녹아든 티라미수에 빠져 있었고, 딸 역시 좋아할 거라 생각하며 생일 케이크로 티라미수를 만들었다고. 어린 딸에게 카페인이 해로울 거란 생각은 하지도 못했다고. 다행히 딸은 티라미수를 좋아했고, 생일 하루쯤은 괜찮지 않을까 싶어 딸이 작은 스푼으로 티라미수를 뜨는 걸 그저 바라보기만 했다고. 글을 끝까지 읽고 나는 피식 웃었다.

엄마는 많은 것을 생략했다.

전학 간 학교에서 개구리 알을 나눠주었다. 관찰 일기를 써야 했다. 할머니가 파란 플라스틱 화분의 구멍을 막아 물을 채워주었다. 화분은 신발장 선반에 놓였고, 옆면을 통해 내부를 들여다볼 수 없었으므로 나는 까치발을 한 채 수면 너머를 응시하곤 했다. 올챙이 여섯 마리가 태어났지만 뒷다리가 날 때까지 산 건 한 마리뿐이었다. 나는 그 올챙이에게 '하니'란 이름을 지어주었다.

어느 날 신발장을 짚고 섰는데 화분 안쪽에 있어야 할 하니가 보이지 않았다. 도망쳤구나, 개구리가 되어 넓은 세상으로 떠났구나, 생각해봤지만 할머니는 현관문을 열어두는 적이 없었다. 바싹 말라붙은 하니를 발견한 건 그로부터 한 달쯤이 지난 후였다. 백 원짜리 동전이 신발장 아래로 흘러 들어갔을 때 나는 삼십 센티미터 자를 가져와 그 앞에 엎드렸다. 신발장 밑으로 자를 조금씩 집어넣자 뭔가 닿는 느낌이 났다. 방향을 살짝 틀어 그것을 자 안쪽에 놓고 끌어당겼다. 악! 나는 비명을 질렀…….

여기까지 썼을 때 사무실 문이 열렸다. 수정 선배였다. 아무렇지 않게 컨트롤과 에스 키를 눌러 글을 저장하고 내 메신저로 파일을 보냈다. 늘 사무실에 가장 먼저 나와 있던 선배는 임신한 뒤로 출근 시간을 늦췄고, 나는 평소보다 한 시간쯤 일찍 모니터 앞에 앉아 기억나는 일들을 조금의 거짓도 없이 써나가곤 했다.

"아침 안 먹었지?"

선배가 내 책상에 마들렌과 팩 우유를 내려놓았다. 직원이 일곱 명인 기획사에서 선배는 유일하게 나와 같은 직무였고 자리도 나란했다. 이 년 전 입사했을 때 나는 선배에게 업무를 배웠다. 처음엔 내가 한 일에 대해 잘했다, 못 했다, 말 한마디 없는 선배가 매정하게 느껴졌지만 그가 조부모 손에 자랐다는 것을 알게 된 후엔 남몰래 선배를 가깝게 여기곤 했다. 나는 초등학교 사 학년 때부터 대학교에 진학할 무렵까지 할머니와 둘이 살았다. 그걸 알게 된 사람들이 전보다 나를 잘 이해한다는 식의 태도로, '그래서 네가'란 말을 감춘 채 고갤 끄덕거리면 내 마음은 빠르게 식어버렸지만, 누군가가 조부모와 살았다고 하면 동질감을 느꼈다. 그 사람을 더 잘 이해해보고 싶었다. 시간이 흐르며 나는 선배가 조금도 매정하지 않다는 걸 알게 되었다. 잘했다, 못 했다, 말하지 않는 방식으로 나를 기다려줬다는 것도.

"선배, 저 오늘 반차 써야겠어요. 엄마가 입원했다고 해서요."

마들렌을 우물거리며 말하자 선배는 앉아 있던 이동식 의자를 내 쪽으로 돌리며 어디가 편찮으시냐고, 많이 안 좋으신 거냐고 물었다. 걱정 안 하셔도 된다고 설명했지만 선배는 그래도 마음이 불편하겠다고, 급히 쳐낼 일도 없으니 아예 연차를 쓰라고 했다. 나는 고개를 저었다. 그렇게까지 하고 싶진 않았다.

정오가 될 때까지 다음 호 〈행복한 하루〉의 편집계획표를 작성했다. 자동차 판매원들의 영업 용도로 격월마다 발행하는 정보지인데, 저예산이라 클라이언트가 편집

계획을 문제 삼는 일은 없었다. 발행 시기에 맞춰 자동차 관리, 여행, 음식, 건강 꼭지의 주제를 잡고 인터넷 자료가 충분한지, 회사에서 쓰는 이미지 포털에 관련 사진과 일러스트가 있는지 살펴보기만 하면 되었다. 몇 번 해보면 어렵지 않은 일이었지만 내가 편집계획표를 보여주자 선배는 눈썹을 올리며 말했다.

"심란할 텐데 일이 손에 잡혔나 보네. 대단해."

대단해. 선배의 말을 입속에서 곱씹어보았다. 대단하다. 최근 들어 엄마가 자주 하는 말이었다. 퇴직 후 엄마는 부쩍 내가 하는 일에 관심을 두며 쓴다는 것 자체가 대단한 거라 말하곤 했다. 내가 사무실에서 뭘 쓰는지도 모르면서 같은 얘길 하고 또 했다. 그렇지만 그에 대해 따지고 싶진 않았다. 입을 다문 건 나였으니까. 요즘엔 뭘 쓰니, 엄마가 물으면 언제나 짧게 답하고 말았다.

그냥.

지난 이 년 동안 나는 여러 기관이나 단체, 기업에서 발행하는 각종 홍보물과 다양한 주기의 정기 간행물을 외주 제작했다. 클라이언트와의 소통은 대체로 선배가 맡았고 나는 같은 주제를 다룬 기사나 블로그 포스팅 여러 개를 모니터에 펼쳐놓은 뒤 그것들을 합치고 섞었다. 엄마가 말하는 대로 뭘 '쓴다'라고 할 수 없었다. 그러나 내가 자꾸 엄마의 질문에 '그냥'이란 말로 응수하는 건 내 일이 쓰기보단 정리에 가깝기 때문만은 아니었다.

업무의 영역을 넘어서서 뭔가를 쓰고 싶은데 그게 잘 되지 않았다. 나는 그냥, 있었던 일을 기억나는 대로 처음부터 써나갈 뿐이었다.

경태 씨를 처음 만난 날, 그러니까 우리가 한 해 가까이 연인으로 지낼 줄은 짐작도 못 했던 날, 경태 씨는 말했다. 이제 막 인쇄기에서 나온, 페이지 순서가 어지럽게 섞인 재단 전 상태의 〈행복한 하루〉를 읽어봤다고.

사장의 대학 후배인 인쇄소 실장은 특별한 일 없이도 자주 사무실에 찾아왔는데, 인쇄기사와 함께 온 건 처음이었다. 나는 사장과 수정 선배, 인쇄소 실장과 경태 씨가 마주 보고 앉은 응접탁자에 비타민 음료를 가져다주다가 붙들렸다. 실장은 한쪽 손으로 경태 씨를 가리킨 채 입사한 지 한 달 된 기사라고, 혹시나 도망갈까 봐 여기저기 얼굴도장을 찍고 다니는 거라며 농담했다.

"저…… 궁금한 게 있는데, 연지와 티라미수 같은 글 말이에요. 직원분들이 쓰세요?"

경태 씨가 사장과 선배를 번갈아 바라보며 물었다.

"아, 그거 현진 씨가 쓰는 거예요."

선배가 나를 가리키며 말했고 이번엔 경태 씨가 내 얼굴을 바라보았다.

"좋아서요. 좋아서 궁금했어요."

경태 씨가 말한 건 〈행복한 하루〉의 마지막 꼭지 '가슴이 따뜻해지는 시간'에 실은 글이었다. 내가 입사하기 전 선배와 클라이언트 둘이 처음 편집기획을 했을 때, 클라이언트는 흐뭇한 미소가 지어지는 글로 책자를 끝내면 좋겠다고, 그래야 사람들이 뒤표지에 붙은 번호로 전화할 것 같다고 말했다. 정말 그 글들을 읽고 자동차 구매를 다짐하는 사람이 있었는지는 모르지만 적어도 경태 씨는 잠시 그 글 앞에서 멈춰 선 듯했다. 인사치레로 하는 말 같진 않았다. 그렇다면 '연지와 티라미수'라는 글의 제목 같은 건 기억하지 못했을 테니까.

'연지와 티라미수'에서의 연지는 어둠을 싫어했다. 해가 지면 창문 블라인드를 내린 채 티브이를 켜두고 엄마가 퇴근하길 기다렸다. 연지의 열한 번째 생일날 엄마는 평소보다 늦게 집으로 돌아왔다. 한 손에 케이크 상자를 들고서였다. 연지가 식탁에 앉자 엄마는 상자에서 케이크를 꺼냈다. 연지가 좋아하는, 커피를 넣지 않은 티라미수였다. 엄마는 동그란 체에 슈거파우더를 가득 담아 연지에게 건넸다. "케이크 위에서 톡톡 쳐봐." 연지는 엄마가 하라는 대로 왼손에 체를 들고 오른손으로 그것을 톡톡 쳤다. 까만 코코아 가루 위로 하얀 슈거파우더가 곱게 내려앉았다. 생일 축하 노래가 끝나고 연지는 있는 힘껏 촛불을 불었다. 연지의 얼굴 앞으로 슈거파우더와 코코아 가루가 흩날렸다. "어머머." 엄마가 연지와 눈을 맞춘 채 웃었고 순간 연지는 에취, 재채기하며 이제 더는 어둠이 두렵지 않을 거라고 예감했다.

"직접 겪은 일인가요?"

경태 씨가 맞잡은 자신의 양손을 만지작거리며 물었을 때 나는 픽 웃음을 터뜨렸다. 그 글은 거짓이었다. 겪었던 일을 내가 바라는 내용으로 만들었다는 점에서 그랬다. 엄마가 쓴 글 '딸의 생일 케이크'를 읽고 나는 댓글로도, 어떤 방식으로도 감상을 얘기하지 않았지만 그에 화답이라도 하듯 연지와 티라미수 이야길 썼다. 어차피 엄마는 읽지 못할 거였기에 내키는 대로 지어냈다. 어린 시절 일기를 쓰기 시작한 무렵부터 나는 그렇게 일상을 좀 더 견딜 만한 쪽으로 끌어오곤 했다. 그건 경험을 의미 있는 것으로 만드는 유일한 방법이었다.

초등학교 삼 학년 때 일기 쓰기 대회에서 상을 받았다. 담임선생님이 내 의사는 묻지도 않고 주최 측에 일기장을 보냈다. 시상식은 평일에 열렸고 학교에 있는 엄마 대신 할머니와 막내 이모가 행사장에 같이 가주었다. 내가 단상에 올라 상장과 꽃다발을 받을 때 두 사람은 손뼉을 치며 환호했고 다시 둘에게로 돌아가 나는 작은 프리지어 다발을 할머니 품에 안겨주었다. 그날부터 어른들의 세계를 믿지 않게 되었다. 내 일기장에는 거짓말이 쓰여 있었기 때문이었다.

엄마와 둘이 살 때 나는 아저씨가 찾아오는 주말을 싫어했다. 아저씨는 언제나 내 머리를 쓰다듬으며 인사했고 나는 고개만 꾸벅 숙여 보인 뒤 방으로 들어가 문을 잠갔다. 그러면 얼마 지나지 않아 노크 소리가 들렸다. 대체로 엄마는 패스트푸드점에 가서 햄버거 세트를 사 오라 말했고 때로는 학교 근처에서 방방을 타다가 햄버거 세트를 사 오라고 했다.

신나게 탔다. 하늘로 뛰어오를 때마다 오줌을 쌀 것 같은 기분이었다. 맛있게 먹었다. 맛있는 걸 사주는 엄마가 고맙다. 왜 방방을 타고 햄버거를 먹었는지에 대한 이유는 생략한 채, 바지에 오줌을 싸버리고 싶었던 마음은 숨기며, 나는 거짓말을 써 내려갔다.

언제부터인가 나는 밖에서 어느 정도의 시간을 보내고 집에 들어가야 아저씨가 떠나고 없는지 알게 되었다. 방방과 패스트푸드점 사이에 여러 경유지를 만들었다. 문방구 뽑기 기계 앞에서 아이들이 플라스틱 캡슐을 돌려 여는 걸 지켜보았고 지하 서점에 들어가 두껍지 않은 청소년 소설을 빠르게 읽었다. 그런 다음 햄버거 세트를 품에 안고 돌아가면 집엔 엄마뿐이었다.

그날도 마찬가지였다. 시상식 이후 처음 맞는 토요일이었고 아저씨가 축하한다며 용돈을 제법 많이 줬으므로 오랜 시간, 질릴 때까지 방방을 탔다. 서점에서 전에 허겁지겁 읽었던 청소년 소설을 한 권 산 뒤 패스트푸드점으로

갔다. 이미 시간이 꽤 흘러서 햄버거 세트를 품에 안고 집까지 달려갔다. 엄마는 거실 소파에 파묻히듯 앉아 책을 읽는 중이었고 나는 다녀왔어, 한마디 한 뒤 식탁 쪽으로 갔다. 콜라를 한 모금 마시고 햄버거를 베어 물려는데 엄마가 다가왔다. 입가엔 미소를 띤 채 눈을 흘기면서 엄마는 말했다.

"잘 썼네. 근데 솔직하진 않아."

그날 저녁 나는 책장에 꽂아둔 일기장의 순서가 평소와 다르다는 걸 발견했다.

사 학년이 된 나는 주말을 싫어하지 않게 되었다. 엄마는 아저씨와 결혼했고 할머니의 강력한 의지와 엄마의 단호하지 못한 결정 때문에 나는 할머니와 둘이 살게 되었다. 이제 일기장엔 엄마에 대한, 엄마와 관련된 거짓말이 하나둘 줄어갔다. 엄마의 세세한 습관과 취향을 모르게 되어버려서 전과 같은 방식으로 엄마를 미워할 수 없었다. 누군가를 미워하려면 그 사람의 세부에 대해 환히 알아야 했다. 그래야 거짓말도 할 수 있었다.

'가슴이 따뜻해지는 시간'에 실은 글은 전부 거짓말이었다. 내가 지나온 어떤 시간에 대한 거짓말. 처음엔 선배의 조언대로 어버이날 좋은 글, 부모 사랑 좋은 글, 효 좋은 글 같은 말로 검색해 나오는 게시 글들을 조각내어 섞으며 원래 모습을 알아볼 수 없도록 만들었다. 주어를 바꾸고 특이한 표현은 삭제했다. 어미를 조정했고 문단을 옮겼다. 몇 번 그렇게 해본 뒤엔 게시 글에서 모티브만 가져왔다. 오래전에 그랬던 것처럼 내가 겪은 일의 각도를 비틀어 쓰며 새로운 의미를 부여했다.

언젠가 나는 작은 새를 묻는 수현의 이야기를 썼다. 기르던 새가 죽자 수현은 슬퍼하며 그 새를 마당에 묻어주었고 주변으로 둥그렇게 조약돌을 두었다. 그러고는 새가 보고 싶을 때마다 조약돌을 하나씩 가져다 놓았다. 수현의 집 마당은 반질반질한 조약돌로 가득 찼고 세찬 비가 내렸을 때 동네에서 침수되지 않은 건 수현의 집뿐이었다는 이야기였다. 선배는 뭔가 좀 으스스하다며 다시 쓰는 게 좋겠다 말했고, 나는 죽은 새가 묻힌 곳에서 싹이 자라 결국 나무가 되고 우듬지에 작은 새 여러 마리가 찾아오게 되었다는 내용으로 글을 고쳤다.

내 입장에선 크게 달라지는 게 없었다. 처음 이야기에서도, 고쳐 쓴 이야기에서도, 오로지 마당에 죽은 새를 묻었다는 것만이 내가 겪은 일이었다.

터미널 편의점에서 엄마가 사다달라는 브랜드의 칫솔을 하나 골랐다. 두 종류 중 헤드가 더 작은 것이었다. 시외버스 창가 자리에 앉아 키 큰 가로수 수백 그루를 스쳐 지나는 동안 가만히 칫솔을 들여다보았다. 헤드가 작긴 했지만 각이 져 있었다. 엄마가 사는 도시의 터미널에 내려 다시 편의점을 찾았다. 이번엔 엄마가 원한 브랜드는 아니지만 모가 가늘고 헤드가 작으면서도 둥근 칫솔을 사 가방에 넣었다.

엄마가 입원한 정형외과는 일 층에 프랜차이즈 카페와 편의점을 둔 건물 이 층부터 육 층까지를 썼다. 엘리베이터 버튼을 누르고 나서야 거울 옆에 붙은 안내문이 눈에 들어왔다. 면회를 금지한다고 쓰여 있었다. 엘리베이터 문이 열렸지만 우물쭈물하며 그대로 서 있었다. 그때 엄마에게 전화가 왔다. 엄마는 병원 직원들 눈을 피해 만날 만한 곳이 있다고 했다.

육 층에 내려 주위를 살폈다. 병실이나 휴게실로 가려면 도어락이 설치된 자동 유리문을 통과해야 했다. 돌돌,

작은 바퀴 소리가 들리더니 유리문 너머로 입원복 차림의 엄마가 나타났다. 왼팔엔 보호대를 찼고 오른팔로는 수액걸이를 끌었다.

"왔어?"

엄마는 웃으며 말했고 스위치를 눌러 유리문을 열었다. 목이 드러나는 입원복 윗도리를 바라보며 춥진 않을까 짧게 걱정했는데, 유리문 안쪽은 지나칠 정도로 훈훈했다. 나는 엄마를 따라 재빠르게, 복도 끝 휴게실로 향했다.

"여기 가끔 보호자들이 들어오더라고. 내가 잘 봐뒀지."

엄마가 티브이를 마주 보는 기다란 의자에 앉으며 말했다. 나는 패딩 점퍼를 벗지도 않고 휴게실 유리문을 등진 채 엄마 옆자리에 앉았다. 병원 직원들이 볼까 봐 신경이 쓰였다.

"수술은 잘 됐대요?"

"일찍도 묻는다. 잘 됐대. 커피 안 마셨으면 저기서 뽑아 먹든지."

엄마가 자동 에스프레소 기계를 가리켰고 나는 가만있기가 좀 불편하기도 해서 커피를 한 잔 뽑았다. 다시 자리에 앉아 뜨겁고 쓴 것을 말없이 홀짝거리니 엄마가 오늘은 뭘 쓰다가 왔느냐고 물었다. 내가 답하지 않자 엄마는 다시 입을 열었다.

"안 들어도 알 것 같네. 또 그냥이라고 말할 거지? 뭔가 근사한 걸 써야 하는데, 응?"

엄마는 오른손을 허벅지 위에 올려놓고 리듬 타듯 손가락을 움직였다. 퉁퉁 부은 손등은 건조해 보였고 기미인지 주근깨인지 피부색보다 진한 반점이 가득했다. 엄마가 내 대답을 기다린다는 걸 알았으므로 나는 대화가 시작되지 않도록, 내면 깊숙한 곳이 건드려지지 않도록 옆에 둔 가방에서 칫솔 두 개를 꺼내 수액 걸이 받침대에 올려두었다.

"뭘 두 개씩이나. 어, 이건 다른 브랜드네?"

엄마가 칫솔 하나를 집어 들었다.

"좋아 보여서 하나 더 샀어요."

"써보면 아닐걸. 사람들이 브랜드 따지는 덴 다 이유가 있지 않겠어?"

대답하지 않고 커피를 한 모금 마셨다. 고작 칫솔 두 개 사 온 것으로 생색내고 싶진 않았지만 성의를 무시당하는 것 같아 기분이 상했다.

"아저씨한텐 칫솔 브랜드 얘기 안 했죠?"

"에이, 좀 그렇잖아."

"왜, 엄마 까칠한 거 들킬까 봐요? 나한텐 괜찮고?"

엄마는 깔깔 웃더니 곧 무표정해졌다. 아무래도 엄마의 보호자는 아저씨가 아니라 나인가 보았다. 나는 엄마가 나의 진정한 보호자였던 적이 있었나 따져보지 않으려 노력하며 종이컵을 둥글게 돌렸다. 반쯤 남은 커피가 찰랑였다. 그때 다른 환자가 휴게실로 들어왔고 나는 이제 가 봐야겠다며 일어섰다. 수액 걸이를 끌면서 함께 휴게실에서 나온 엄마가 내 패딩 점퍼 주머니에 뭔가를 집어 넣었다. 꺼내 보니 오만 원권 두 장이었다. 내가 그걸 다시 입원복 주머니에 넣으려 하자 엄마는 고집 한번 세다며 오른손으로 내 팔을 뿌리쳤다.

"나 팔 아파, 그만해. 네가 귤이라도 한 상자 사 올까 싶어서 챙겨둔 거야. 옆자리 언니가 딸이 얼마나 잘 챙겨주겠냐고 아주 난리였다."

나는 칫솔만 사 오라더니 다른 얘길 하는 엄마에게 짜증을 내야 할지, 뭔가 더 챙기지 못한 스스로를 원망하며 미안해해야 할지 모르는 채 터미널로 향했다. 이번에도 창가 자리에 앉았고 유리창에 머리를 기댔다. 주머니 속에서 핸드폰이 짧게 울렸지만 꺼내지 않았다.

크리스마스이브 점심에 수정 선배의 초대를 받았다. 나는 크리스마스 따위에 크게 의미를 부여하지 않지만 그래도 다른 사람들은 연인 혹은 친구들이나 가족끼리 즐거운 시간을 보낸다는 걸 알았고, 게다가 이번 크리스마스이브는 토요일이어서 더 신경이 쓰였다. 혹시 남편분도 집에 계신 거냐고, 그렇다면 다른 날 초대해달라고 애매하게 답하자 선배는 말했다.

"그날 남편은 근무라 저녁때나 돼야 돌아와. 점심 먹으면서 얘기나 좀 해."

크리스마스이브 당일이 될 때까지 선배가 하려는 말이 무엇일지 머리를 굴려보았다. 선배가 퇴사를 계획하고 있지 않나 싶었다. 얼마 전 선배는 내게 후배를 뽑으면 둘이 일할 수 있겠냐 물었고 나는 자신 없다고 했었다.

외벽에 산타 장식을 한 베이커리에서 슈톨렌을 하나 골랐다. 줄이 길어 십 분쯤 기다린 뒤에야 계산을 하고 빠져나왔다. 패딩 점퍼 주머니에 손을 집어 넣었다. 반으로 접은 오만 원권 두 장이 만져져서 잠시 엄마 생각을 하다가 손을 빼고 장갑을 꼈다. 선배의 집은 베이커리에서 멀지 않았다. 하천 다리를 건너자마자 선배가 말한 약국이 보였고 골목으로 꺾어 들어가니 멀리 왼편에 붉은 벽돌로 마감한 빌라가 있었다.

엘리베이터가 없어 삼 층까지 걸어 올라갔다. 숨이 차오르지도, 다리가 아프지도 않았지만 선배는 다를 것 같았다. 점차 배가 더 불러올 텐데 걱정스러웠다. 벨을 누르기도 전에 선배 집 현관문이 열렸다. 짭조름한 냄새가 코끝을 스쳤고 나는 금세 배가 고파졌다.

"와, 맛있는 냄새. 뭐 하셨어요?"

"에어프라이어에 닭봉을 구웠는데 맛이 어떨지 모르겠어."

슈톨렌을 선배에게 건네며 집 안으로 들어섰다. 거실 겸 부엌 뒤편에 작은 방 두 개가 나란히 있었다. 하나는 책장이 가득한 서재인 것 같았고 다른 하나는 침실이었다. 침실 벽면에 붙은 결혼사진을 한참 바라보고 있으니 선배가 들어가서 봐도 된다고 말했다. 나는 침실 앞까지 걸어가 방문 손잡이를 붙잡은 채 사진을 보았다. 선배 남편의 얼굴을 보는 건 처음이었는데 웃느라 작아진 눈이 친숙하게 느껴졌다.

"두 분 되게 닮으셨네요."

뒤돌아서며 말하자 선배는 그런 얘길 자주 듣는다고 했다. 식탁엔 닭봉 구이 그리고 새우와 방울토마토를 넣은 샐러드 파스타가 차려졌다. 선배는 오렌지 주스를 컵에 따르며 많이 먹으라고, 음식이 더 있다고 말했다.

간장 소스로 양념한 닭봉 구이는 매콤하면서도 달아 입맛을 당겼다. 말없이 닭봉 하나를 전부 먹은 뒤에야 나는 정말 맛있다고, 번거로울 텐데 대접해주셔서 고맙다고 인사했다.

"뭘. 나도 혼자 있느니 같이 시간 보내면 좋지. 크리스마스이브잖아."

나는 아주 웃긴 농담을 듣기라도 한 것처럼 소리 내어 웃었다.

"선배, 어렸을 때 크리스마스 선물 받아본 적 있어요?"

"아니."

"저도요. 그럼, 집에 트리 있던 적은요?"

"선물도 못 받아봤는데 트리가 있었겠니."

이번엔 선배가 콧소릴 내며 웃었고 나도 따라 웃다가 입에 머금은 오렌지 주스를 뱉을 뻔했다. 웃음이 잦아들고 식탁이 조용해졌을 때 나는 선배의 눈을 바라보았다.

"우리 엄마가 그러더라고요. 결혼하고 아이 낳으면 자길 이해하게 될 거라고. 선배는 어떨 것 같아요?"

"글쎄. 나 아홉 살 때 잠깐 엄마랑 같이 살았거든? 근데 바퀴벌레가 나오면 내가 전화번호부를 손에 들었어. 엄마는 숨고. 어떻게 그럴 수 있었을까. 난 이해 못 해."

하지만 선배는 엄마와 화해했다고 했다.

"그냥 잘하는 거야. 사무실에 손님 오면 뭘 내주는 것처럼. 그래야 내가 편하거든."

식탁을 정리한 뒤 선배와 소파에 기대어 앉아 슈톨렌을 먹고 따뜻한 디카페인 커피를 마셨다. 맛을 음미하느라 선배도 나도 잠시 아무 말 하지 않았는데, 나는 그런 상태가 편하게 느껴져 탁자에 잔을 내려두고 눈을 감았다. 발끝으로 닿는 햇볕이 따뜻했다. 선배가 요즘도 경태 씨와 만나냐고 물어서 눈을 감은 채로 고개를 저었다. 그랬구나, 선배가 작은 소리로 답했다. 무슨 말을 더 해야 할지 몰라 계속 눈을 감고 있었다. 그러다 문득 선배가 할 말을 하지 않았다는 걸 깨닫고 눈을 떴다.

"선배, 혹시…… 회사 그만두세요?"

선배는 무슨 소리냐는 표정으로 나를 바라보더니, 퇴사는 생각도 하지 않았는데 나를 내보낼 셈이냐며 웃었다.

"어떻게든 붙어 있어야지. 잠깐 쉬긴 해야겠지만."

"다행이다. 얘기 좀 하자길래, 퇴사하시나 싶었어요."

"꼭 그런 것만 얘기니? 우리 웃고 떠든 게 다 얘기 아냐."

선배가 자세를 고쳐 앉았다.

"얘기, 얘기, 하니까 말인데 난 현진 씨가 자기 이야기 쓰는 게 좋더라."

나는 선배가 한 말을 바로 이해하지 못했다. 아침 일찍 사무실에서 쓰는 글을 선배가 읽었을 리는 없었고, 선배가 확인하는 글엔 내 이야기를 쓰지 않았기 때문이었다. 내가 머뭇거리자 선배는 '가슴이 따뜻해지는 이야기'에 쓰는 것들 말야, 하고 덧붙였다.

"그거 제 이야기 아닌 거 아시잖아요. 꾸며 쓴 거짓말이에요."

나는 멈추지 않고 말했다. 짜깁기하거나 거짓을 보태어 쓰는 글 말고, 업무로 쓰는 글 말고, 진짜 나만의 글을 쓰고 싶어서 기억나는 일들을 틈틈이 써 내려간다고. 선배는 고개를 한 번 끄덕이더니 그래서 어떠냐고, 잘 되냐고 물었다.

"잘 안 되죠. 어려워요."

선배는 다시 고갤 끄덕거렸고 뭔가 고민하는 듯 커피를 한 모금 마셨다. 그런 다음 나를 바라보며 말했다. 짜깁기한 것은 자신만의 글이 될 수 없지만 꾸며 쓰는 건 다르지 않냐고. 거짓말에도 진실이, 그리고 진심이 깃들지 않느냐고.

"무엇이든 그게 다 현진 씨 얘기지."

선배 집에서 나와 지하철을 탔다. 사람들 사이에 간신히 선 채 패딩 점퍼 주머니 속의 오만 원권 두 장을 만지작댔다. 순간 경태 씨가 마지막으로 해준 말이 떠올랐다. 공무원 시험 학원이 있는 쪽 출구로 빠져나와 맥아더와 이승만 초상화를 향해 걸었다. 햇볕이 따사로웠지만 바람은 차고 거셌다. 얼마 지나지 않아 도장집이 나타났다. 나는 전처럼 유리창 앞에 서서 내부를 들여다보거나 인장 명장의 인터뷰 기사를 읽어보지 않고 도장집 문을 밀었다.

각진 뿔테 안경을 쓴 남자가 인사를 건네며 어떻게 오셨냐고 물었다. 나는 도장을 파볼까 한다고 답하며 안경 너머 서글서글한 눈과 오뚝한 콧대를 바라보았다. 인터뷰 기사 사진의 얼굴과는 하나도 닮아 보이지 않았다. 그런 눈빛에 익숙한지 남자는 명장님과 자신이 공동 사장인데, 명장님은 지금 휴가 중이라고 설명했다.

"며칠은 더 기다리셔야 해요. 기계로 파실 거면 오늘 내로 되고요."

내가 기계로 하겠다고 답하자 사장은 전기 포트의 버튼을 딸깍 누른 뒤 현미녹차와 결명자차 중 뭘 마시겠냐 물었다. 나는 안 주셔도 된다고, 감사하다고 말하며 둥근 탁자 앞에 앉았다.

"인감 파시려고요?"

"그냥 기념을 좀 하려는데요."

사장이 탁자 한쪽에 있던 샘플 공책을 펼치며 어떤 게 좋겠냐고 물었다. 나는 단단해 보이는 사각 테두리 안에 전서체로 '홍길동인'이라 찍힌 것을 가리켜 보였다. 사장이 메모지를 내어주었고 나는 김현진, 세 글자와 핸드폰 번호를 적은 뒤 연락 주시면 찾으러 오겠다며 도장집에서 빠져나왔다.

크리스마스이브의 늦은 오후, 고개를 젖히며 웃을 준비가 된 사람들이 거리를 활보하고 있었다. 무작정 횡단보도 앞에 섰다. 곧 보행 신호가 켜졌다. 도로 바닥만 바라보며 길을 건너다가 중간쯤 갔을 때 고갤 들었다. 맞은편 카페의 커다란 유리창에 어깨를 한껏 웅크리고 걷는 내가 비쳤다. 그 모습을 응시하며 걸었고 길을 건넌 뒤엔 그대로 카페 문을 열었다. 커피를 한 잔 더 마시고 싶었다.

뜨거운 커피를 받아 자리에 앉고 나서야 스팀 소리 사이로 흘러나오는 캐럴이 귀에 들어왔다. 내부를 둘러보니 건물 복도로 나가는 뒷문 가까이에 내 키보다 큰 트리 장식이 있었다. 트리 꼭대기부터 사선으로 빙 둘러 내려오는 꼬마전구가 시차를 두고 반짝였다. 털모자를 쓴 여자아이가 주문을 마친 엄마 손을 이끌고 트리 앞에 섰다. 잡았다! 잡았다! 아이는 양손을 움직이며 불이 들어오는 꼬마전구를 만졌고 엄마가 제지하자 까르르 웃었다.

"엄마, 이거 우리 집에도 있는 거다!"

나는 아이 집에 있는 트리가 카페의 것처럼 크고 근사하기를 바랐다. 트리를 꾸밀 때 까르르 까르르 웃음을 터뜨렸길 바랐다. 어린 시절의 자잘한 기억들이 쌓여 결국 한 사람의 밑바닥을 구성한다는 걸 나는 잘 알았다. 내게도 그런 밑바닥이 존재했다. 누군가를 미워하거나 스스로를 작고 하찮게 느낄 때 나는 어김없이 저 아래로 내려가, 평소에는 드러나지 않던 나의 밑바닥을 마주하곤 했다. 그리고 그 장소에 대한 책임이 누구에게 있는지 따져보았다. 어린 나를 둘러쌌던 어른들? 아니면 이제는 어른이 된 나? 어느 쪽이든 가혹하긴 마찬가지라 생각을 멈추고 다른 걸 떠올려보았다. 트리 같은 걸 꾸며본 적은 없지만 함께 살 때 엄마는 크리스마스이브 저녁이면 치킨을 시켜줬다. 크리스마스엔 칠면조를 먹는 거라고 엄마가 말했기 때문에 오랫동안 나는 칠면조가 치킨의 다른 이름인 줄 알았다.

불현듯 엄마의 입원실에 치킨을 한 마리 보내주고 싶었다. 핸드폰을 손에 쥐고 망설이는데 선배가 했던 말이 떠올랐다. 그냥 잘하는 거라고. 사무실에 손님이 오면 뭘 내주듯이. 그 말을 곱씹으니 부담스러운 느낌이 말끔히 사라졌다. 엄마는 통화 연결음이 한참 이어진 뒤 전화를 받았고 입원한 곳이 몇 호실이냐는 내 물음에 어머, 하며 웃었다.

"얘, 나 어제 퇴원했어. 정신없이 나오느라 말도 못 했네."

잘됐다는 말로 전화를 끊고 미지근해진 커피를 들이켰다. 캐럴에 귀를 기울였다. 놀랍게도 H의 목소리가 흐르고 있었다. 울고 싶어질 때 나는 H의 공연 영상 하나를 찾아보곤 했다. 그날 공연의 첫 곡을 시작하고 H는 환호에 감격해 주저앉아 운다. 한 곡의 반주가 끝날 때까지 일어나지 못하고 어깨와 등을 들썩이는데, 그 모습을 보고 있으면 왜인지 내가 우는 것처럼 속이 후련해졌다.

지난여름 어느 날 경태 씨와 나는 음악 페스티벌에서 H의 무대를 바라보고 서 있었다. 둘 중 누구에게도 자동차 같은 건 없었으므로 우린 고속버스와 시내버스, 페스티벌 셔틀버스를 타고 그곳에 도착했다. 경태 씨는 내가 울고 싶을 때마다 H의 영상을 본다는 걸 알지 못했고, 나는 H와 둘만의 비밀을 간직하기라도 한 것처럼 무대만 물끄러미 바라보다가 울컥하는 마음을 참을 수 없어 눈물을 흘리고 말았다.

"괜찮아요?"

경태 씨가 물었고 나는 고개를 끄덕였다. 하지만 곧 괜찮지 않다는 걸 인정해야 했다. 맥주를 사 마신 뒤라 요의가 들었지만 H의 무대까지는 참을 수 있겠다 싶었던 짐작이 눈물과 함께 한순간 어그러졌다. 경태 씨의 손을 잡고 관객 무리에서 빠져나와 뒤쪽을 향해 걸었다. 간이 화장실은 십오 분 이상 기다려야 할 정도로 줄이 길었다. 나는 잡았던 경태 씨의 손을 놓아버렸다. 상체를 굽히고 노상 방뇨라도 할 작정으로 빠르게 걸었다. H의 노랫소리가 울리는 가운데 메타세쿼이아가 늘어선 인적 드문 길로 접어들었고, 기다란 나무 둥치 뒤에서 바지와 팬티를 내리며 쪼그려 앉았다.

겨우 살아난 기분. 정신을 차리고 민망해졌을 땐 이미 멈출 수 없었다. 끝을 내지 않고선 결코 그만둘 수 없었다. 고갤 숙인 채 경사를 따라 흐르는 오줌 줄기를 바라보았다. 바닥 색을 진하게 만들며 오줌은 끊임없이 흘렀고 경태 씨의 운동화 밑창까지 가 닿았다. 그걸 아는지 모르는지 경태 씨는 내게 등을 지고 가만히 서 있었다. 잠시 후 내가 팬티와 바지를 추슬러 입으며 일어났을 때에서야 다 되었냐며 나를 흘끔 돌아보았다. 나는 아무 일도 없었던 것처럼 웃어 보였다. H의 무대는 끝나버린 뒤였다.

왜인지 지금 나는, 미지근한 커피를 홀짝이는 나는, 요의가 들지 않았지만 상체를 굽힌 채 걸었던 그때와 비슷하게 막막해졌고, 한편으론 곧 어떻게든 해소하고 괜찮아질 수 있다는 생각이 들어 허리를 꼿꼿이 세웠다. 가방에서 노트북을 꺼내 펼쳤다. 메신저를 열어 파일을 다운 받았다. 바싹 말라붙은 개구리 하니를 발견하는 장면에서 글은 멈춰 있었다.

백 원짜리 동전이 신발장 아래로 흘러 들어갔을 때 나는 삼십 센티미터 자를 가져와 그 앞에 엎드렸다. 신발장 밑으로 자를 조금씩 집어넣자 뭔가 닿는 느낌이 났다. 방향을 살짝 틀어 그것을 자 안쪽에 놓고 끌어당겼다. 악! 나는 비명을 질렀…….

계속 써 내려갔다. 비명을 지른 뒤 으스러진 낙엽 같은 하니를 다시 화분 속에 넣어주었다고. 그것으론 부족했다. 뭔가 중요한 게 생략되어 있었다. 그날 저녁 내가 일기를 썼다는 것, 책상 앞에 앉아 그날을 아주 다른 하루로 만들어버렸다는 것이었다. 오랜 시간이 흘러 누군가를 미워하거나 스스로를 작고 하찮게 느낄 자신을 위해, 어린 나는 내 밑바닥을 직접 구성했다. 그게 나의 거짓말이었다.

일기 속에서 어린 나는 양손을 오므려 하니를 소중히 감싸고는 집 근처 개울가로 조심조심 걸어간다. 한참이 지나 개울 앞에 쪼그려 앉아 손을 펼쳐본다. 하니는 이대로 헤어지기 싫다는 듯 주저하더니 어느 순간 폴짝, 넓은 물속으로 뛰어든다.

할머니와 살며 처음 맞는 생일날이었다. 엄마와 아저씨가 함께 할머니 집으로 찾아왔다. 할머니가 준비한 불고기와 잡채, 오징어숙회와 조기구이 중앙에 엄마가 만들어 온 티라미수가 놓였다. 네모난 케이크는 가운데가 볼록했고 한쪽 귀퉁이가 찌그러져 있었다.

"좀 못났지? 티라미수라는 게 원래 그렇더라."

엄마가 케이크에 초를 꽂으며 말했고 옆에서 아저씨가 성냥으로 촛불을 켰다. 엄마와 아저씨 그리고 할머니의 생일 축하 노래가 끝난 뒤 나는 힘껏 초를 불었다. 후! 두 개의 촛불이 꺼지기도 전에 티라미수의 코코아 가루가 부엌 곳곳으로 흩어져 날렸다. 나는 눈을 깜빡이면서 엄마의 얼굴을 살폈다.

"어머머, 어떡해."

엄마는 당황해하며 아저씨와 눈을 맞췄다. 조금은 부끄럽다는 듯, 그러면서도 이런 게 수제 케이크를 만드는 이유가 아니겠냐는 듯. 곧이어 엄마는 한 손으로 아저씨 어깨를 장난스럽게 치며 웃었다. 그러느라 내 표정 같은 건 살필 겨를도 없는 것 같았다.

눈앞에서 부유하던 가루들이 서서히 음식들 위로 내려앉는 모습을 바라보며 나는 생일날 가장 원하는 게 뭔지 알게 되었다. 코코아 가루들이 흩날릴 때 엄마가 제일 먼저 눈을 맞추는 사람이 내가 되는 것.

"커피 맛이 나네? 현진이 먹어도 괜찮은가 몰라."

할머니의 말에 엄마는 다시 어머머, 하며 아저씨 얼굴을 잠깐 응시하더니 이번엔 나를 바라보며 입을 열었다.

"생일이잖아요."

생일이었기 때문에 그 쌉싸래한, 어른들의 케이크처럼 느껴지는 티라미수를 떠먹었다. 재채기를 하면서도 계속 먹었다. 엄마와 아저씨가 돌아간 뒤엔 먹은 것을 모조리 게웠고 할머니가 엄지손톱 밑을 바늘로 따주었다. 검붉은 피가 맺히는 걸 바라보며 나는 오직 그것 때문에 우는 듯

엉엉 소리 내어 울었다.

여기까지 쓰고 나니 경태 씨가 연지와 티라미수 이야길 좋아했다는 게 떠올랐다. 직접 겪은 일이냐고 물었던 것도. 사실 이게 내 얘기라고, 맨 처음의 이야기라고 경태 씨에게 말하듯 작은 소리로 중얼거린 순간 뒷자리에서 생일 축하 노래가 들려와 고개를 돌렸다. 노랠 부르는 건 내게 등을 진 두 사람이었고 얼굴이 보이는 쪽은 미소 지으며 손뼉을 치기만 했다. 티라미수 가운데 불을 밝힌 초 여러 개가 꽂혀 있었다. 내가 다시 고갤 앞으로 돌렸을 때 노래는 끝났고 촛불을 부는 소리가 작게 들렸다. 나도 모르게 고개가 젖혀졌다.

에취, 나는 큰 소리로 재채기했다.

기다리는 마음

정회웅 | 부산 출생. 낮에는 해외영업팀에서 일하고, 저녁에는 육아, 밤에는 각종 글쓰기 모임을 한다. 다른 사람에게 인정받는 소설을 쓰고 싶다는 야망의 한 시절을 통과해, 이제는 쓰는 자신이 즐겁고 만족스러운 글이어야 한다는 시절의 마음으로 매일, 매월, 매해, 이야기를 쌓아가고 있다.

고객센터는 내가 있는 곳이 외곽 지역인 데다 갑작스러운 폭설로 도착이 지연되는 것 같다는 말만을 반복했다. 그러니까 렉카가 언제 도착할지 모르겠다는 말씀인 거잖아요, 하고 나는 목소리를 높였고 통화를 마친 다음에는 차 관리를 도대체 어떻게 하는 거냐고 더 짜증스럽게 말했다. 그럼에도 송주는 별다른 반응이 없었다. 핸드폰을 두드리며 누군가와 연락을 주고받는 것 같았는데 아마도 상대방은 반려동물 장례식장에 온다는 송주의 선배가 아닐까 짐작될 뿐이었다. 저 손가락으로 무슨 말을 하고 있는 걸까. 망연히 송주의 기다란 손가락만 바라보고 있는데 갑자기 핸드폰 화면이 꺼졌다. 송주는 나를 힐끗 쳐다보았고 나는 시선을 피해 송주의 무릎에 올려진 바구니를, 그 속에 담긴 모모를 내려다보았다. 어째서인지 숨을 거눌 때까지 축 처졌던 모모의 귀가 다시 뾰족 솟아 있었는데, 그래서 사실은 죽은 게 아니라 낮잠을 자고 있던 건 아닐까 하는 싱거운 의심을 하고 말았다. 차창 밖에선 눈이 펑펑 쏟아졌고 차창 안에선 각기 다른 종류의 침묵이, 그러니까 지난밤 죽은 고양이의 침묵과 슬픔으로 화를 누르고 있는 송주의 침묵, 그리고 이미 계약금 구백만 원까지 입금한 투룸에 대해 송주와 이야기를 나눌 수 없어 답답한 나의 침묵이 각자의 자리에 조용히 쌓이고 있었다. 와이퍼가 그리는 젖은 반원 사이로 노랗고 빨간빛이 번졌다. 비상등을 깜빡이는 차가 옆을 천천히 지나갔다. 룸미러에 또 다른 차가 나타났지만 이번에도 렉카는 아니었다. 뒤에서 서서히 다가온 차는 눈 밟는 소리를 내며 우리를 지나갔다.

— 대체 언제까지 기다리라는 거야. 다시는 여기서 차 안 빌려야겠어.

송주가 무슨 말이라도 할 것 같아 잠시 기다렸지만 똑딱이는 비상등 소리만 더 또렷이 들렸다. 나는 차 문을 조심히 열고 밖으로 나갔다. 도로 옆으로 흰 눈을 뒤집어쓴 밭이 넓게 펼쳐져 있었다. 스무 걸음쯤 떨어진 곳에는 적

갈색 벽돌로 된 작은 버스 정류장이 있었고 슬레이트 지붕을 얹은 단층 건물도 보였다. 주변은 온통 하얬고 한산했다. 차는 조수석 쪽으로 제법 기울어진 것처럼 보였는데 그게 기분 탓인지 아니면 정말 타이어의 공기압이 빠져서인지는 판단하기 어려웠다. 조수석 쪽 타이어를 발로 눌러보았다. 어쩐지 물렁거리는 느낌이 들어 더 세게 눌러 밟자 차가 흔들리기 시작했다. 한 번 더 세게 밟았다. 탕탕 하고 손바닥으로 유리창을 강하게 때리는 소리가 났다. 차 안쪽에서 송주가 나를 쳐다보고 있었다. 내가 밖으로 나오자 통화를 시작한 모양인지 핸드폰을 귀에 댄 모습이었다. 나는 일부러 그런 게 아니라는 표시로 양손바닥을 흔들었고 차는 몇 번 더 힘없이 흔들리다 멈췄다. 아반떼를 빌리려다 마지막에 모닝으로 차종을 바꾼 것이 후회되었다. 또 다른 차가 지나가는 걸 무심코 눈으로 좇다 건너편 단층 건물 앞에 자판기가 있다는 걸 알았다. 차 안으로 돌아가면 송주는 아마도 전화를 끊고서 창밖만 바라볼 게 분명했다. 내뱉은 진한 입김이 금세 흩어졌다.

— 따뜻한 거라도 마실래?

창문을 똑똑 두드린 다음 큰 목소리로 물었다. 송주는

유리창을 내리지 않은 채 무어라 말하며 고개를 끄덕였다. 내 말을 제대로 들은 것 같지 않았지만 나는 천천히 걸음을 옮겼다. 버스 정류장 쪽으로 걸어가다 뒤를 돌아보았다. 내리는 눈 때문에 차 안의 송주는 보이지 않았다. 하지만 저 속에선 내가 잘 보일 것이었다. 무슨 일이 있다면 연락하겠지. 나는 어쩐지 이별하는 기분으로 등을 돌렸다. 양쪽 차도를 오가는 차량은 없었다. 나는 천천히 길을 건넜다.

송주의 집에서 출발할 때부터 나는 조금씩 단념하고 있었다. 혼자 장례식장으로 가겠다는 송주를 겨우 설득했지만 차량 렌털 앱에 문제가 생겨 출발이 한 시간 가까이 늦어버렸다. 그 탓에 나는 평소보다 수다스러워졌고 흩날리던 눈이 조금씩 짙어질수록 혼자 중얼거리는 말이 늘어났다. 잠깐이나마 송주가 내 말에 반응해준 건 모모의 장례식 이야기를 할 때뿐이었다. 장례식장은 송주의 선배가 소개해준 곳이었다. 그 선배는 이미 여러 번 그곳에서 장례를 치렀고 지금 보살피는 아이들 역시 언젠가 그곳의 신세를 질 것이라고 했다. 모모는 그 선배가 분양해준 고양이였다.

— 대단한 것 같아, 선배는. 여섯이나 돌본다는 게.

나는 말없이 고개를 끄덕이긴 했으나 송주가 그 선배의 어떤 점을 대단히 여기는지는 알 수 없었다. 평소였다면 그 사람은 도대체 무슨 일을 하느냐고, 어떻게 여섯 마리나 되는 고양이를 먹이고 재우고 병원까지 데려갈 수 있느냐고 물었을 테지만 오늘은 그러지 않기로 했다. 대신 장례식 비용은 얼마쯤 하는지, 그걸 마치 길어지는 침묵을 메우기 위해 겨우 생각해낸 것처럼 물었다. 송주는 마음에 들지 않거나 중요한 이야기를 하기 전에 늘 그러듯, 한쪽 뺨에 공기를 잔뜩 불어 넣었다가 빼는 걸 몇 번 반복했다. 그러고는 두 번째로 좋은 장례식을 신청해두었다고 답했고, 백사십만 원이라고 말했다. 가장 비싼 장례를 치러주고 싶었지만 유골로 스톤을 만들고 싶지는 않았다고. 그건 선배도 추천하지 않았다고 덧붙였다.

— 다른 곳도 그 정도야?

— 비슷해. 그래도 여긴 지인 할인해줄 거래.

— 그렇구나, 다행이네.

나는 고개를 끄덕이면서도 언제나 가성비를 따지던 송

주의 선택 같지 않다는 생각을 동시에 하고 말았다. 선배 때문에 어쩔 수 없는 절차를 강요받은 건 아닌가 하는 의심도 설핏 들었다. 하지만 모모의 죽음은 예외가 아닌가 싶었고, 두 번째로 비싸다고는 해도 백사십만 원이면 아주 감당 못 할 금액은 또 아니지 않나 생각하며 고개도 끄덕여주었다. 모모의 장례식을 어떻게 치르고, 그 의식에 얼만큼의 비용을 지불할 것인지는 당연히 송주의 마음이었다. 그런 일에 내가 뭐라고 간섭할 자격도 이유도 없다는 건 분명 알고 있었지만, 이상하게도 평소와는 다른 송주의 결정에는 무언가 다른 이유가 있는 것 같아서, 그게 꼭 나와 함께 살지 않겠다는 선언인 것만 같아서 마음 한켠이 잘려나간 듯 서늘했다. 어쨌든 오늘만큼은, 적어도 장례식이 끝날 때까지는 아무 말도 하지 말자는 생각에 핸들을 꽉 말아 쥐었다. 하지만 자꾸 입술을 달싹이는 내 모습이 송주의 어딘가를 건드린 듯했다.

— 왜? 할 말 있으면 해.

— 아냐, 그냥.

— 그냥 뭐?

왜 하필 지금일까. 왜 투룸 계약을 마치자마자 모모가,

송주와 좀 더 이야기해야 하는 이 시점에 모모가 이렇게 되었을까. 숨을 거둔 지 하루도 채 지나지 않은 모모를 향해 원망 비슷한 감정이 뻗어 나가려는 게 느껴졌고 그만큼 못난 인간이 되어가는 것 같아 한심했다. 앞선 차들의 후미등이 붉은빛을 밝힐 때마다 브레이크 대신 경적을 울리고 싶은 마음을 꾹 눌렀다. 송주는 나지막히 한숨을 내쉬며 의자에 등을 기댔다.

— 난 분명히 너랑 같이 안 살 거라고 말했어. 어차피 너도 보증금 때문에 그런 거잖아.

— 그런 거 아니야.

— 그럼 뭐가 그냥인 건데?

— 그 얘긴 다음에 하자.

나는 고개를 돌렸다. 차 안의 침묵이 신경 쓰여 라디오를 틀었지만 깔깔대는 웃음소리만 쏟아져나와 다시 꺼버렸다. 눈은 작정한 듯 쏟아지기 시작했다. 한참을 기다려서야 꽉 막힌 자동차 전용도로를 벗어날 수 있었다. 얼마 못 가 날카롭게 울리기 시작한 타이어 공기압 경고음이 차 안의 침묵 사이로 파고들었다. 공터에 차를 세웠다. 송주는 양쪽 구석이 빨개진 눈으로 잠시 나를 쏘아보았다.

모모가 숨을 거두고, 눈이 퍼붓고, 자동차가 고장난 이 모든 일이 다 나 때문에 벌어진 것만 같았다.

단층 건물은 폐가처럼 보였다. 누런 테이프를 붙였다 뜯어낸 흔적이 있는 유리창 안에는 뚜껑이 깨진 세탁기와 먼지 쌓인 빈 생수통 몇 개가 늘어서 있었다. 자판기는 꺼져 있었는데 전원을 연결해도 작동할 것 같지는 않아 보였다. 건물 뒤로 야트막한 경사의 도로가 길게 뻗어 있었고 주택 같은 곳이 드문드문 보였다. 대각선 방향의 작은 건물에서 뭔가가 바람에 흔들렸다. 담배라고 적힌 납작한 간판이었다. 작은 문에서 불빛이 새어 나오는 것도 같았고 아닌 것도 같았다. 차도 쪽 가림막에 가려져 볼 수 없는 건물이었다. 그다지 멀진 않았지만 그렇다고 내키지도 않았기에 차로 돌아가려는데 송주가 걸어오는 게 보였다. 바구니를 손에 든 채였다.

— 좀 답답하기도 하고. 화장실도 가야 할 것 같아서.

— 바구니는 왜?

— 혼자 두고 어떻게 와.

강한 바람이 바닥에 쌓인 눈을 한바탕 쓸자 부드러운

천이 바닥에 끌리는 듯한 소리가 났다. 송주는 모모를 감싼 담요를 손으로 재빨리 눌렀다. 우리는 담배 간판이 매달린 건물로 향했다. 가까이 다가가자 입구 위에 슈퍼라는 글자가 떨어진 흔적이 있었다.

미닫이문 안쪽으로 검은색 패딩 점퍼를 입은 할머니가 무언가를 정리하고 있었다. 작다란 문은 생각보다 가볍게 열렸고 온기와 함께 석유 난로 냄새가 풍겼다. 아이스크림 냉장고를 등지고 앉은 할머니가 고개를 들었다. 할머니는 닦고 있던 체스 기물 같은 뭔가를 테이블 위에 내려놓았다. 송주가 들어온 뒤 나는 조심히 문을 닫았다.

— 화장실 찾는 거면 뒤로 더 올라가.

할머니는 우리를 보자마자 그렇게 말했다. 송주는 물건도 살 거라고 답했지만 할머니는 그 말을 못 들은 것처럼 도로를 따라 조금 더 올라가면 녹색 건물이 나온다고, 거기가 마을 회관이며 문이 잠긴 것 같아도 세게 밀면 열린다고 알려주었다. 나도 함께 가겠다 말했지만 송주는 고개를 저었다. 대신 모모가 든 바구니를 내게 내밀었다. 바구니를 자꾸 힐끔거리는 할머니의 시선을 못 본 척했다.

— 따뜻한 거라도 마시고 있어. 돌아와서 계산할게.

송주가 문을 열자 찬 기운과 함께 세찬 눈발이 입구 바닥으로 쏟아졌다. 눈 결정이 커다랬다. 할머니는 송주가 닫은 문 너머를 바라보고는 풍년 들면 쌀값 떨어질 텐데, 하는 말을 중얼거리며 손에 든 나무 조각을 다시 닦았다. 나는 그 나무 조각을 잠시 바라보다 고개를 돌려 가게 안을 살폈다. 입구 쪽을 향한 매대에는 여러 종류의 사탕과 과자, 페트병 음료수가 가지런히 진열되어 있었고, 벽을 둘러싼 철제 선반에는 세제와 커피믹스, 두루마리 휴지 같은 것들로 채워져 있었다. 전체적으로 단정했지만 눈이 어지러울 정도로 물건이 많았다. 나는 따뜻한 음료가 어디 있는지 물었다. 할머니는 천을 쥔 손을 들더니 철제 선반 사이에 놓인 한 칸짜리 온장고를 가리켰다. 그러고는 문질러 닦던 나무 조각을 옆에 있는 상자에 넣었다. 탁자 위에 흩어져 있는 건 동물 목각인형이었다. 하마와 기린이 있었다. 너구리와 당나귀 사이에 모모처럼 귀가 뾰족한 고양이 조각도 있었다. 가벼웠고 일부러 투박하게 조각한 것처럼 보였다. 손을 많이 탔는지 모서리 부분이 반질반질했다. 할머니는 고개를 들어 나를 보다가 모모가 담긴 바구니 쪽으로 고개를 돌렸다.

—거기 안에 든 건 나비야?

—네? 네.

—날씨가 이런데 나비를 왜 그렇게 데리고 다녀?

나는 어디서부터 어떻게 말을 해야 할지 몰라 바구니 속 모모에게 시선을 고정한 채 가만히 있었다.

—꼼짝도 안 하네?

할머니는 닦던 목각인형을 내려놓고서 나를 바라보았다.

—여기 뒤에 묻으려고?

할머니의 경계하는 눈빛에 나는 고개를 저으며 장례식장에 가던 길이라 설명했다. 요즘엔 키우던 개나 고양이가 죽으면 많이들 그렇게 한다고, 하지만 나는 그런 사람들을 이해할 수 없다는 투로 말했다. 할머니는 모모를 빤히 바라보다가 다시 목각인형을 닦기 시작했다.

—저기 난로 옆에다 둬. 따뜻하게.

—말씀은 감사하지만 굳이 그렇게까지는…….

—큰일 날 소리. 떠났다고 바로 그러는 거 아니야.

나는 할머니가 가리킨 난로 옆에 바구니를 내려놓았다. 할머니는 바닥이 차다며 턱으로 가게 구석을 가리켰고 나는 그곳에 있던 작고 낡은 나무 의자를 가져왔다. 의자 위에 바구니를 올려놓을 때까지는 별다른 생각이 없었다. 하지만 난로 옆 의자 위에서 깊은 잠에 빠진 듯한 모모의 모습을 보고 있자니 점차 무척 기묘하다는 기분이 들었다. 어쩌면 내가 착각한 건 아닐까. 모모는 아직 살아 있는데. 더이상 물컹거리지 않는 모모의 등을 슬쩍 눌러보았다. 천으로 목각인형을 닦는 소리가 들렸다.

—이건 파시는 건가요?

—처리하는 거야.

코끼리는 회색이 조금 벗겨져 있었고 앵무새는 조각만 되어 있었다. 나는 조금 전 만져보았던 고양이를 다시 집어 들었다. 색이 살짝 바랬지만 한 손에 쏙 잡히는 느낌이 좋았다. 이 고양이 조각이 올라간 송주의 책상 위를 이미 본 것 같은 기분이 들었다.

—이거 파실 생각은 없으세요?

—안 팔아. 처리해야 하는 거라니까.

—그러니까 저한테 처리하시면 되잖아요. 할머니가 만드신 거예요?

—내가 이런 걸 어떻게 만들어? 못 만들지. 그저 다 처

리해야 하는 거야.

어쩐지 할머니를 화나게 만든 것만 같아 나는 온장고를 향해 조심히 돌아섰다. 따뜻한 캔커피 두 개를 꺼내려는데 출입문에 어스름한 그림자가 비치더니 문이 열렸다. 송주였다. 송주는 난로 가까이에 놓인 모모를 바라보았다. 나는 말없이 할머니를 가리켰고 송주는 어리둥절한 표정을 천천히 풀고는 감사하다고 인사했다.

— 가게가 따뜻해서 잘 자나 봐요. 얘가 최근에 좀 아팠는데.

— 많이 아팠어?

— 고양이 범백이라는 병 때문에 꽤 고생했거든요. 이제는 괜찮아요.

— 이제 괜찮아?

— 네, 괜찮아요. 덕분에 잘 자네요.

나는 송주와 할머니를 번갈아 보았다. 잠을 잔다는 송주의 표현을 할머니가 곧이곧대로 들으면 어쩌나 싶었고, 왜 괜히 솔직하게 말해버린 걸까 하는 후회도 동시에 들었다. 하지만 할머니는 그럼 됐지, 하며 창밖을 바라보더니 눈이 그칠 때까지 조금 더 머물다 가도 괜찮다고 말해주었다.

— 아직 새끼 같은데. 괭이가 고생깨나 했나 봐. 푹 재웠다 가.

송주의 얼굴에 떠오른 쓸쓸한 미소를 보자 이대로 울어버리는 건 아닐까 걱정스러웠다. 나는 재빨리 송주야, 하고 부른 다음 온장고에서 꺼낸 캔커피가 괜찮은지 물었다. 송주는 하나 더 꺼내라는 듯 검지를 펼쳤고 렉카 기사님, 하고 입 모양을 만들었다. 그러고는 할머니에게 다가가 목각인형을 살펴봐도 괜찮은지 물었다.

할머니는 고개를 끄덕이면서도 여전히 화난 것 같은 목소리로 파는 건 아니라고 말했다. 송주는 내가 보았던 고양이를 가장 먼저 집어 들었다. 나머지 조각들도 너무 예쁘다며 차근차근 신중히 살폈다. 희미하게 고개를 주억거리면서도 손에 쥔 고양이 인형은 내려놓지 않았다. 슬쩍 웃는 것처럼 보이기도 했는데 그 때문인지 지난 몇 주간 송주를 잠그고 있던 자물쇠가 딸깍 하고 풀어진 것처럼도 보였다.

— 이해해요. 이건 할머니가 처리하셔야죠.

핸드폰이 울렸다. 바람 소리 사이로 굵은 목소리가 들

렸다. 드디어 렉카가 도착한 것이었다. 천천히 와. 그 말을 하고서 나는 송주가 건네주는 유자 음료를 받아 차로 달려갔다.

빌라 투룸을 계약한 건 이 주 전이었다. 함께 집을 보려고 서로의 연차를 맞추었지만 당일 아침에 송주는 급히 사무실로 출근해야 했다. 나도 그냥 쉬어야겠다 생각했지만 이상하게도 가만히 있을 수 없어 결국 이른 점심을 먹자마자 집을 나서고 말았다. 계약을 하겠다기보다는 분위기나 살펴보자는 심산이었다. 하지만 첫 번째 집 안에 들어서는 순간 생각이 바뀌었다. 그 집은 송주와 내가 그리던, 정확하게는 송주가 말한 이상적인 공간과 무척 흡사하다는 확신이 들었다. 거실을 중심으로 방 두 개가 마주 보는 구조여서 왼쪽과 오른쪽의 생활 분리가 가능해 보였다. 거실과 큰 방에 붙은 통로 같은 베란다에는 가운데 문이 하나 있어서 안쪽은 창고로 사용하고 바깥쪽은 모모에게 내어주면 될 것 같았다. 화장실에 외부로 난 창문이 있어야 한다는 송주의 조건도 통과했고, 작은방에 특이한 형태로 움푹 들어간 애매한 자리는 모모의 배변판을 넣으면 될 것 같았다. 공인중개사는 만족스러워하는 내 눈치를 보더니 서둘러 계약하지 않으면 이런 집은 금방 빠진다고 재촉했다. 모모를 고려하지 않았다면 집 구조가 좀 이상하다 여겼을 게 분명하다 생각하면서도 보증금과 월세를 어떻게 처리할 것인지 계산해보았다. 공인중개사 말에 너무 쉽게 넘어가는 것처럼 보이는 게 탐탁잖았지만 마음에 드는 집을 놓치는 것보다는 나았다. 급히 구한 지금의 원룸과 건너편 곱창집을 떠올리면 더더욱 그랬다. 하지만 송주는 전화를 받지 않았다. 공인중개사 사무실로 돌아가며 투룸의 사진과 함께 긴 설명을 보냈지만 답이 없었다. 근처 카페에서 한 시간가량 동네에 대해 검색하다가 결국 집주인을 만나 계약을 할 때까지 송주와는 이야기하지 못했다.

집에 도착할 무렵에야 전화를 걸어 온 송주는 축하를 겸해 함께 저녁을 먹자며 초밥 도시락을 포장해 내 원룸으로 왔다. 나는 내 집과 송주 집과 우리 집에 대해 말했다. 작고 흔들리는 이 식탁은 버리는 게 낫겠다 말했고, 우리 투룸에는 어떤 벽지가 좋을지 송주의 의견을 물었다. 냉장고와 세탁기를 새로 구입하는 게 나을 듯한데 내친김에 작은 건조기까지 함께 사는 건 어떤지 묻던 순간부터 송주의 자세가 점점 비스듬해졌다.

— 왜 자꾸 나한테 물어? 네가 살 집인데.

나는 계약서를 보여주었고 계약금이 구백만 원이라는 말을 다시 했다. 송주는 그제서야 뭔가를 이해했다는 듯 조금 떨어져 살아도 괜찮지 뭐, 하고 너스레를 떨었다. 투룸은 지하철로 두 정거장 떨어진 곳에 있었다. 지금처럼 걸어서 십 분 거리가 아니라 아쉽긴 해도 그 정도면 같은 동네 아니냐며 능청스레 내 말을 이해 못 하는 척했다. 나는 계약서를 다시 내밀었다.

— 계약금도 다 보냈다고.

— 잘했어. 마음에 드는 집이 있으면 그래야지.

— 아니, 그 집으로 너도 같이 갈 거잖아. 너도 곧 계약 끝나니까.

— 내가 왜?

— 같이 살기로 했잖아. 그래서 계속 인테리어 방송 보면서 의견도 맞췄던 거고.

게다가 애초에 함께 살자는 말을 꺼낸 것도 송주 너라고 하려다가 참았다. 네가 그 얘기를 꺼냈을 때 우리는 에

어프라이어로 조리한 유린기를 먹었고, 제대로 안 익었는지 비린내가 난다고 했던 네 말도 다 기억한다고 말해야 하나 싶었다. 송주는 한쪽 볼에 공기를 불어 넣었다가 빼는 걸 몇 번 반복했다.

— 그런 거 같이 보면 무조건 함께 살아야 하는 거야?

— 오늘 집 보러 가자 말한 것도 너였잖아. 내 판단에 맡기겠다면서.

— 따라가주겠다는 거였지. 그리고 우리가 언제 함께 살자고 제대로 이야기한 적 있었어?

우리는 잠시 침묵했다. 그러자 조금 전까지 듣지 못했던 희미한 음악 소리가 들렸다. 옆집에서 틀어둔 것 같았다. 나는 송주를 바라보았다. 송주는 내 눈을 피했다.

—넌 항상 마지막에 이러더라.

— 그래서 뭐, 계약금 물어달라고?

— 그런 말이 아니잖아. 왜 항상 마지막에 도망치려고 그래?

— 그러는 넌 왜 맨날 너한테만 맞춰? 왜 좀 기다리질 않아?

송주는 자리에서 일어섰다. 초밥은 가져가라고 했지만

송주는 신발을 신었다. 탁, 하고 문이 닫혔다. 잠시 있으니 희미한 노랫소리가 들렸다. 탁자 귀퉁이에 걸쳐진 계약서가 눈에 들어왔다. 송주의 태도에 화가 났고 그래서 쏘아댔는데. 그랬으니 속이라도 시원해져야 하는데 오히려 반대였다. 계약서를 찢어버리고 싶었지만 그 대신 빈 봉투만 바닥으로 세게 내리쳤다. 봉투는 회오리치듯 빠르게 빙글 돌고는 이내 하늘거리며 바닥에 내려앉았다. 목소리를 높이던 순간부터 나는 내가 성급했다는 걸 알고 있었다. 그럼에도 송주 입에서 알겠다는 말이 나올 때까지 계속 밀어붙이려 했던 건, 그렇게 하지 않으면 가까이 있는 송주가 먼 곳으로 떠나갈 것만 같아서였다. 혹시나 멀어지게 되더라도 우리가 헤어지거나 소원해지진 않을 거라고 송주는 말했지만 확신에 찬 얼굴도 아니었다.

송주의 집으로 재빨리 걸어가는 도중 선배의 집에서 처음으로 모모를 만나고 돌아온 날 송주가 지었던 표정이 떠올랐다. 나 간택당한 것 같아. 송주는 마치 좋아하던 사람에게 고백이라도 받은 듯한 얼굴을 하고선 내게 영상을 내밀었다. 화면 속에는 무척 조그만 새끼 고양이가 있었다. 고양이는 양반다리로 앉은 송주에게 몇 발자국 다가

가 탐색을 하는 듯 잠시 가만히 있더니 이내 송주의 무릎 위로 올라섰다. 그러고는 품에 안기려는 듯 어깨 쪽으로 짧은 앞발을 이리저리 뻗었다. 어머 어떡해. 송주는 바짝 굳은 채 웃는 건지 우는 건지 모를 소리를 냈고 선배로 생각되는 사람의 목소리는 아이고 어떡해, 네가 얘 집사인가보다, 하며 웃었다. 나 정말 간택당한 거예요? 송주는 품에서 꼬물거리는 고양이에 손을 대지도 못하면서 혹여나 떨어질까 걱정되었는지 양손을 허공 속으로 어정쩡하게 펼친 채 눈동자만 아래로 굴렸다. 나 이런 적 처음인데. 고양이도 잘 모르고.

당장은 데려오기 힘들어서 혼자 돌아왔다는 송주는 누가 봐도 이미 결정을 내린 사람의 얼굴이었다. 아무리 그래도 살아 있는 생명체인데. 너나 나나 반려동물을 키워본 적이 없는데 괜찮겠냐는 종류의 말을 하는데 자꾸 숨이 찼다. 내가 듣기에도 내 말투가 너무 따지는 것 같았지만 멈출 수가 없었다. 송주는 그런 나를 이해하는 것 같기도 하고 서운해하는 것 같기도 한 표정으로 바라보았다.

— 길고양이래. 엄마는 잃어버렸고.

화면 속에서 송주는 고양이를 품에서 조심히 떼어내

옆에 내려놓았다. 그러자 고양이는 바닥을 몇 번 빙빙 돌더니 다시 송주의 품에 올랐고, 송주는 처음과는 달리 고양이를 천천히 쓰다듬었다. 얘 개냥이 아니에요? 화면 속 송주는 해사하게 웃었고, 나는 그 영상을 응시한 채 미소 짓는 송주의 옆얼굴을 보았다. 송주는 자신의 가족사를 딱 한 번 들려준 적이 있었다. 초등학교를 졸업하자마자 친척들 사이를 떠돌다 결국 할머니와 함께 중고등학교 시절을 보냈다는 이야기였다. 수능 직전에 할머니가 돌아가신 후로는 줄곧 혼자였다고 했다. 그래서인지 살아 있는 존재가 자신의 집에 있는 게 어색하다며, 주말에 송주의 방에서 티브이를 보고 있는 나를 향해 말하곤 했다. 모모와 함께 살기 시작한 이후로 송주는 가끔 친구를 집으로 초대했다. 그건 송주 자신도 전혀 예상 못 했던 일이라고 청소를 하는 도중 말했고, 누군가와 함께 살아도 괜찮겠다는 말을 설거지 도중에 혼잣말처럼 하기도 했다. 어느 날인가 나는 송주 몰래 모모의 선물을 준비해 찾아갔다. 송주 집의 문을 열자마자 나는 모모야 하며 성큼성큼 다가갔고, 모모는 그런 나를 보자마자 보조 의자 밑으로 재빨리 들어갔다. 모모가 개냥이처럼 굴긴 해도, 어쨌든 고양이는 살금살금이라고 했잖아. 송주는 의자 밑에서 나오지 않은 채 고개만 이리저리 돌리는 모모를 못 본 척하며 빙긋 웃었다.

— 천천히 기다려 봐. 그럼 올 거야.

송주의 집 앞까지 갔지만 나는 결국 비밀번호를 누르지는 못했다. 네가 무엇 때문에 그러는지, 내가 좀 급했다고, 같이 천천히 이야기를 좀 해보자고 다독이려 했지만 한편으로 내가 정말 그렇게 할 수 있는 사람인지 의문이 들었다. 누군가가 나를 품어주고, 그 사람으로부터 충분히 이해받았다는 충만한 기분은 나 역시 느껴본 적이 없었기에, 그런 건 어떻게 하는 건지, 단지 고개만 끄덕여주고 토닥여주는 것만으로 가능한 일인지 알 수 없었다. 밤새 뒤척였고 이불은 엉켰다. 소비기한이 반나절 지나버린 초밥처럼 애매하게 변해버린 서로에 대한 감정은 우리가 다툰 다음 날, 모모의 상태가 심각하다는 송주의 말에 화해도 이해도 아닌 방식으로 끝나고 말았다.

만약 그날 우리가 싸우지 않았다면 어땠을까. 야근으로 늦게 귀가하는 송주 대신 내가 모모를 보러 갔을지도 몰랐다. 그랬다면 쓰러진 모모를 조금 일찍 발견할 수 있었을까. 투룸을 계약하지 않았다면 이런 일이 없었을까. 혼자 집을 보러 가지 않았다면 뭔가 달라졌을까. 모모는 가끔 자기 꼬리를 물려고 제자리에서 빙글빙글 돌곤 했는데, 꼭 내가 그러는 것만 같았다.

조수석 쪽 타이어 앞에 검은색 점퍼를 입은 수리 기사가 쪼그린 채 앉아 있었다. 하얀 얼굴에 뿔테 안경을 쓴 기사는 엉거주춤 일어섰다. 오늘 같은 날에는 긴급 출동이 많아서요. 늦어서 죄송합니다, 하고 기사는 정중한 태도로 고개를 숙였다. 공기압이 빠진 건 맞고 원인을 찾아야 하니 차를 조금 움직여달라고 부탁했다. 나는 시동을 걸고 차를 살짝 앞으로 굴렸다.

— 나사가 박혔네요.

기사가 타이어에 묻은 눈을 손가락으로 털어내자 타이어에 박혀 있던 둥그런 나사가 나타났다.

— 이게 어디서? 근데 나사 하나 밟았다고 이렇게 뚫리나요?

— 꼭 그런 건 아니고요. 공기압이 충분할 땐 나사든 못이든 일부러 구멍 내려고 해도 절대 안 뚫리거든요. 근데

물렁해졌을 땐 달라요. 조금만 잘못 찔려도 펑크가 날 수 있죠.

기사는 능숙한 동작으로 타이어에서 나사를 빼내고는 그 자리에 육포처럼 생긴 길쭉한 심을 집어넣었다. 렉카로 걸어가서 콤프레셔를 작동시키자 웅웅 소리가 났다. 긴 선을 끌어와 타이어에 연결했다. 타이어가 부풀기 시작했다. 차가 균형을 잡아가는 모습을 보고서야 정말로 기울어져 있었다는 것을 깨달았다. 기사는 운전석에 앉아 몇 가지를 만지작거리더니 이제 문제없다고 말했다.

— 그나저나 스노우 체인을 다시는 게 좋을 것 같은데요. 많이 급하세요?

— 할게요. 어차피 예약 시간이 훨씬 지나버려서. 장례식장 가는 길이었거든요.

— 요새는 장례식장도 예약하고 가나요?

— 아, 고양이 장례식에요.

기사는 그게 무슨 뜻인지 이해하려는 듯 몇 번 고개를 갸웃거리더니 케이블 타이처럼 생긴 스노우 체인을 가져와 타이어에 채웠다. 제거하는 게 어렵지 않으니 반납하기 전에 꼭 탈거를 해달라며 시범을 보여주었고, 연습 겸 하나를 풀어보라며 자리를 비켜주었다. 오래 걸리지도 어렵지도 않았다. 친절하신 분이네, 생각하며 나는 가져왔던 유자 음료를 건넸다. 기사는 펼쳐놓은 장비를 정리하며 고양이 장례식 비용은 어느 정도냐고 물었다. 백사십만 원이요, 하고 답하자 기사는 아무렇지 않은 척했지만 조금 놀란 것 같았다.

— 그냥 땅에다 묻으면 안 되나요?

— 저도 찾아봤는데 매장하는 건 불법이래요. 게다가 그건 좀, 그렇잖아요.

— 사람도 매장하는데 고양이는 왜요? 전 그게 다 상술 같은데. 언제부터 고양이가…….

기사는 갑자기 표정을 바꾸더니 물론 고객님께 드리는 말씀은 아니고요, 하면서 내가 빌린 차를 보며 슬쩍 웃었다. 이곳을 떠난 후 누군가를 만난다면 소형차를 렌트하면서 백사십만 원짜리 고양이 장례식을 하러 가는 사람을 봤다고 비아냥댈 것만 같은 표정이었다. 기사는 내가 건네준 음료를 단숨에 마시고 뚜껑을 닫았다.

— 상술이든 뭐든 그게 그렇게 이상한 건가요?

— 자기 돈 써서 한다는데, 아무도 뭐라고 못하죠.

— 그렇게 생각 안 하시는 거잖아요.

— 제가 고양이는 장례식 하면 안 되는 거라고 했나요?

기사는 곤란한 표정을 짓고는 서리가 낀 안경을 매만졌다.

— 상술이라면서요.

— 그거야 그냥 제 생각이고…….

— 이런 게 어떤 느낌인지 아세요?

— 네?

— 아무리 그게 고양이라도 정말 나를 필요로 한다는 게 느껴지면, 아니 그러니까, 세상에서 내가 꼭 필요한 존재가 있다는 게, 그게 어떤 느낌인지 아시냐고요.

— 고객님 갑자기 이러진 마시고요. 그래서 아까 제가 고객님한테 드리는 말이 아니라고 했잖습니까. 근데요. 길바닥에서 죽은 사람 제대로 처리 못 하는 경우도 얼마나 많은지 알고 계세요?

기사는 너무 오래 머물렀다며 옷매무새를 가다듬었고, 괜한 말을 해버린 것 같아 미안하다며 누그러진 투로 사과했다. 그러고는 혹시 콜센터에서 전화가 오면…… 까지 말하고 잠시 멈추더니 조심히 운전하라는 말을 남기고 떠났다. 멀어지는 렉카를 바라보다가 발로 조수석 쪽 타이어를 세게 내리찍었고 나는 악 하는 소리조차 내지르지도 못하고 발목을 잡고 자리에 주저앉았다. 내지르지 못한 소리가 가슴 속에서 엉망진창으로 뒤엉키는 게 느껴졌다. 기사에게 한 번 더 쏘아주지 못한 게 분했지만 너무 엉망으로 아무 말이나 지껄인 것 같아 더 화가 났다. 게다가 정말이지, 스스로가 무척이나 한심했다. 따지고 보면 기사는 내가 이곳까지 오는 동안 떠올렸던 말들을 대신해준 게 아닌가. 그리고 나는 송주에게서 들었어야 한 말을 해버린 셈이었는데. 어쨌거나 내가 내 입으로 했던 말 때문에 왜 이렇게 화가 치미는 건지, 그 이유가 무엇인지 알 것만 같아 참을 수가 없었다. 뒷좌석 차창으로 모모에게 선물했던 장난감들이 보였다. 나는 조수석 문 쪽을 잡은 채 허리를 숙였다. 땅으로 떨어져 쌓이는 눈이 보였다. 어렴풋이 송주를 이해할 수 있게 된 것 같아 다행이라 생각하면서도 너무 늦어버린 건 아닌가 걱정되었다. 송주가 어서 돌아오기를 바랐고 동시에 조금 더 천천히 왔으면 했다.

송주와 모모가 돌아온 건 렉카 기사가 떠나고 이십 분쯤 지난 후였다. 이미 늦어버린 장례식 예약은 어느덧 두 시간가량 지나 있었다. 송주는 어딘가 말개진 얼굴로 돌아와서는 이제 차는 괜찮은지 물었다. 어투랄까, 목소리가 조금 부드러워진 것 같았다. 송주는 캔커피 하나를 내게 건넸다. 다른 손에는 고양이 목각인형을 쥐고 있었다.

— 그냥 주셨어.

— 무조건 처리해야 한다고 그러시더니.

송주는 말없이 고양이 목각인형의 귀를 만지작거렸다. 딸이 만든 거래. 송주의 목소리는 표정만큼이나 차분했다.

— 그런데 왜?

— 이제 겨우 그럴 마음이 드셨대. 한참을 기다려서.

송주는 목각인형을 내게 내밀었다. 나는 송주처럼 커피 한 모금을 마시고는 할머니를 기억해보려 했다. 고작 삼십 분쯤 전에 만났는데도 얼굴이 잘 생각나지 않았다. 대신 손수건으로 인형을 닦던 모습과 화난 듯한 목소리만 들리는 것 같았는데, 어쩌면 화가 나신 게 아니었을지도 모른다는 생각이 스쳤다. 한참을 기다려서, 겨우 그럴 마음이 드셨다니. 목각인형을 닦던 할머니와 모모를 쓰다듬는 송주. 두 사람만 남아 있던 슈퍼를 잠시 떠올려보았다.

—출발 안 해?

—네가 가자고 할 때까지 좀 더 기다리려고.

—뭐야 갑자기. 괜찮아 이제. 가자.

—정말 괜찮아?

—정말 괜찮아.

—미안하다. 오늘 나 때문에 너무 늦어져서.

송주는 희미하게 고개를 저었고 나는 시동을 걸었다. 내비게이션 화면에 장례식장 도착 예정 시간이 표시되었다. 사십 분은 더 가야 한다는 사실에 마음이 무거웠다. 도착하면 거의 세 시간쯤 늦어지는 셈이었다. 그럼에도 송주는 의외로 편안한 얼굴이었다.

—어쨌든 모모랑 더 오래 있을 수 있게 된 거니까.

나는 천천히 차를 움직였다. 스노우 체인을 설치한 탓인지 바닥에서 약간의 진동이 느껴졌다. 버스 정류장과 단층 건물 옆에 세워진 자판기를 지나치는데 불현듯 송주의 말이 이해되었다. 원래 일정대로라면 지금쯤 장례는 다 끝났을지도 몰랐다. 그건 지금 송주의 품에 있는 모모가 화장터 속에 있을 거라는 뜻이기도 했다. 난로 옆에 놓였던 모모와 그 광경을 바라보던 송주의 표정이 떠올랐다. 그러자 문득 차로 돌아온 송주의 얼굴이 왜 달라 보였는지 알 것 같았다. 그러니까 아마도 장례식은, 이곳에서 모두 끝난 모양이었다. 모모는 여전히 둥그런 바구니 속에 담긴 채 송주의 품에 안겨 있었고, 사이드미러에서는 할머니의 슈퍼가 점점 멀어졌다. 쭉 뻗은 오르막 도로를 넘자 하얗게 펼쳐진 풍경이 나타났다. 잔뜩 낀 구름 때문인지 눈 덮인 풍경은 회색에 가까운 흰색이었지만 그 사이를 가로지르는 얇은 빛의 선이 새하얗게 빛나고 있었다.

—꼭 그날 같다.

먼저 침묵을 깬 건 송주였다.

—그러게. 일출 보러 갔던 날 같네.

송주는 나를 슬쩍 쳐다보더니 창밖으로 고개를 돌렸다. 어떤 이유 때문이었는지는 잊었지만 올해 초 송주는 모모와 함께 해돋이를 봐야 한다고 고집했다. 아주 가끔 외출도 할 만큼 바깥에 나가는 걸 싫어하지 않는 모모여서 시도할 수 있었지만, 그날의 날씨는 매섭게 추워서 우리는 금방 되돌아오고 말았다.

— 그때 너 소원 빌었잖아.

내 말에 송주는 그날 해가 잠깐 뜬 걸 알고 있었냐고 되물었다.

횡단보도에서 신호를 기다리던 도중 얇은 햇빛이 바닥을 잠시 밝혔던 순간이 있었다. 잔뜩 낀 구름 사이로 비어져 나온 빛이 송주의 신발코 부근에 떨어진 찰나였다. 송주는 모모가 든 가방을 앞으로 멘 채 꼭 안고 있었는데 눈을 감고 있었는지 신호가 바뀌었는데도 움직이지 않았다. 빛은 금세 사라졌고 나는 송주가 고개를 들 때까지 기다렸다.

— 무슨 소원 빌었는지 물어봐도 돼?

— 그런 건 말하면 안 되잖아. 아직 진행 중인 것도 있단 말이야.

우리의 차는 금세 내리막길의 끝에 다다랐다. 위에서 내려보던 어둑한 풍경 속으로 들어와서인지 주변의 빛이 서서히 옅어지는 것 같았다. 구름이 잔뜩 낀 하늘이어서 해는 보이지 않았지만 은근한 금색 빛의 덩어리가 둥실한 구름 둘레를 선명히 그리고 있었다. 나는 공터에 차를 세웠다. 송주는 그날처럼 소원을 빌자는 내 말에 어이없다는 듯 슬쩍 웃었다. 그러고는 모모를 몇 번 쓰다듬고서 눈을 감았다. 나는 눈을 감으려다가 잠시 송주를, 그리고 송주의 품에 여전히 안겨 있는 모모를 바라보았다. 멀리서 다시 모습을 드러내는 빛의 조각이 보였다. 지금은 어둑하지만 조금만 더 기다린다면 이곳에도 이내 빛이 닿을 것이라는 걸 알았다. 나는 눈을 감았다. 그리고 다시 눈을 뜨자 같은 순간에 고개를 드는 송주가 보였다.

추천의 글

소설

하성란 소설가

듣도 보도 못한 역병이 시작될 무렵, 한겨레교육 문화센터와 인연이 닿아 소설을 읽고 쓰는 많은 분을 만났다. 마스크 밖으로 드러난 얼굴이 첫인상으로 남았는데 그 눈빛만으로도 소설을 향한 열정이 짐작되었다. 눈은 많은 것을 담고 있고 말할 수 있으므로 다분히 주관적이라고 오해하지는 않겠지만, 그런 상황에도 결석이 거의 없었다는 것이 그 생각의 근거가 될 수 있겠다. 무엇도 그들의 열의를 꺾을 수는 없었다. 확진자 수가 급증하고 거리두기가 강화되면서 많은 강좌가 비대면화되었다. 영상 수업이라는 새로운 문화가 자리 잡으며 화면으로나마 마스크를 벗은 민얼굴들을 만날 수 있었다. 그사이 수강생들이 한겨레교육 문화센터를 '한터'라 줄여 부르는 것도, 여러 강좌를 수강하면서 오랫동안 소설을 읽고 쓰는 이들이 자신을 자조적으로 '합평 낭인'이라고 부른다는 사실도 알게 되었다. 그러니까 이 책은 순전히 '합평 낭인'들을 위해 기획되었다. 오랫동안 소설을 읽고 써온 이들의 작품들은 다채로웠고 그 소설을 읽는 일은 즐겁고도 놀라움의 연속이었다. 투고작 모두 개성은 물론 완성도 또한 갖추고 있어서 일차로 일곱 편을 가리는 일이 쉽지 않았다. 우리는 오랫동안 이야기를 나누었다. 한 작품을 올리고 내리기를 여러 차례, 결국 한 편을 더한 여덟 편의 단편소설을 한겨레출판에 보냈다. 가장 어렵고 힘든 결정을 한겨레출판 편집부에 떠넘긴 것이다. 그렇게 송지영의 〈마땅하고 옳은 일〉, 성수진의 〈재채기〉, 정회웅의 〈기다리는 마음〉 세 편이 남았다. 우리의 예상과 크게 다르지 않았다.

송지영의 〈마땅하고 옳은 일〉은 우리가 지나온 수상쩍은 시간에 관해 쓰고 있다. 코로나가 기승을 부리던 그 시기, 파킨슨병에 걸린 어머니를 간병하던 강선숙은 거리두기 강화로 모녀가 꼼짝없이 집 안에 갇히게 되고 결국은 한계에 이른다. 어머니의 죽음은 강선숙이 했던 '그 행위'와 아무런 연관이 없다. 그러나 강선숙이 그런 마음을 가졌을 때, 오 분도 채 되지 않는 시간, 마스크를 내리고 가졌던 어머니를 향한 마음은 과연 무관한 일일까. 사람이라면 그럴 수 있다지만 그런 마음을 품는 것은 마땅한 일이라고 하지만, 그 마음을 품는 순간 강선숙은 결코 어머니의 죽음으로부터 자유로울 수 없다. 강선숙의 일상을 쫓다 보면 어느덧 우리는 뜻밖의 진술에 휘말린다. 그 솜씨가 비범하다. 괘종시계가 걸렸던 자리처럼, 책상이 있었던 자리처럼 송지영은 근원적인 죄의식을 코로나라고 하는 희대의 상황 속에서 섬세하면서도 섬뜩하게 그려낸다.

글을 쓴다는 것은 무엇인가, 라는 질문을 성수진의 〈재채기〉를 통해 다시 확인한다. 화자인 나는 매일매일 자신의 일상을 기록한다. 누군가가 미워지고 스스로 하찮게 여겨질 때마다 자신의 밑바닥을 재구성하듯 거짓말을 섞어 글을 써왔다. 거짓이 섞였다고 나의 이야기가 아닌 것은 아니다. 나는 누군가를, 무엇인가를 '뭉뚱그려' 말하고 싶지 않다. 이렇게 글을 쓰는 동안 삶은 "견딜 만한 쪽으로" 옮겨온다. 뭉뚱그려진 것을 풀어헤쳐 쓰고 또 쓰는 일, 가볍게 만드는 일, 가루처럼 가벼워진 것들은 날아올라 누군가의 코끝에 가 닿고 재채기를 하게 한다. 그것이 쓰기의 힘일 것이다. 가볍지 않은 이야기를 청량한 쓸쓸함이 담긴 특유의 분위기로 풀어냈다.

단편소설은 짧아야 한다. 그래서 어렵고 그래서 매력적이다. 생략과 압축이 단편의 묘미라고도 말한다. 정회웅의 〈기다리는 마음〉은 그런 면에서 모범을 보여준다. 공유 차량의 타이어가 펑크 나고 수리 기사를 기다리는 그 짧은 시간이 소설의 주요 배경이다. 그들이 반려묘 모모의 장례식장에 가던 길이라는 것과 나와 송주의 관계 등이 숨 막히는 정적 속에서 하나둘 밝혀진다. 젊은 세대의 반려동물을 향한 애정과 위로받음, 애도부터 결혼까지 이 세대의 세태를 알게 되는 것도 흥미로운 지점이지만, 역시 단편소설 안에서의 시간 운용에 큰 매력이 있는 작품이었다. 정해진 분량 안에서 긴박하게 결말로 치닫지 않고 느슨하게 느긋하게 흘러간다. 여백의 미처럼 여운이 오래 머문다.

이 작가들은 오랫동안 소설을 읽고 써왔다. 매일매일의 반복이었다. 앞으로도 소설을 읽고 쓰리라 믿어 의심치 않는다. 함께 합평하면서 나는 이들에게 많은 가르침을 받았다. 이들과 함께라서 계속 쓰겠다는 각오를 매일 할 수 있었다. 읽고 쓰는 일. 이 단순함이 우리를 바꾼다.

작가들의 출발을 축하하고 응원한다. 이 작가들과 한 시대, 한 곳에서 함께할 수 있었다는 것이 매우 자랑스럽다.

김현영 소설가

지금 여기서 만나고 싶은 소설이 있다. 만나야만 하는 소설이 있다. 만날 수밖에 없는 소설이 있다. 기다리는 그 마음을 누구보다 잘 안다는 듯 끌어안아주는 소설들을 읽으며 꾸며낼 수도, 숨길 수도, 참을 수도 없는 재채기가 수시로 터져 나왔다. 마땅하고도 옳은 그 감각, 그 정서, 그 윤리, 그 선함의 아름다움과 아름다움이라는 진실.

지금 여기, 있어야 할 곳에 있어 준 작가들의 탄생을 무어라 불러야 할까. 분명한 건, 여전히 빛나는 것처럼 보이지만 실은 어떤 별들은 오래전에 사멸했다는 것. 아직 그 광휘가 여기까지 닿지는 않았지만 어떤 별들은 이미 자체 발광하고 있었다는 것. 이 작가들을 만났다는 건 아직 아무도 이름 붙이지 않은 별자리에 최초로 이름을 붙이는 일인지도 모르겠다.

서유미 소설가

작품 수준이 대체로 높아서 한 작품 한 작품 공들여 읽었다. 읽는 동안 여러 번 감탄했고 새로운 작가들의 시작 앞에서 조용히 환호했다. 심사 과정에서도 칭찬이 이어졌고 몇 작품을 더 올리자는 의견도 오갔다. 고심 끝에 선정한 세 편의 소설은 우열을 가리기 어려울 정도로 완성도가 높았다.

송지영의 〈마땅하고 옳은 일〉은 인간이라면 어떤 마땅한 마음을 가져야 하는가, 라는 묵직한 질문을 생생한 인물들과 상황을 통해 풀어낸다. 성수진의 〈재채기〉는 자신이 쓴 글 모두에 진심의 인장이 들어 있다는 것을 알아가는 인물의 행보를 차분히 따라간다. 정회웅의 〈기다리는 마음〉은 폭설에 멈춰버린 차처럼 정체된 관계와 마음을 집요하게 들여다본다. 세 소설 모두 덤덤한 분위기와 문장 안에 저마다의 격정을 품고 있다는 점이 인상적이었다. 세 분에게 앞으로 자신의 목소리가 담긴 소설을 더 많이 써달라는 당부와 응원을 함께 보낸다.

시

입주민 외 주차금지 외

이열매 | 대학과 대학원에서 법학을 전공했다.

입주민 외 주차금지

나 이거 마실 뻔했어
채집통을 들고 엄마가 말한다
채집통은 작고 투명한 고무공으로 가득하다

개구리 알은 올챙이가 된 지 오래고
그 뒤로 행적이 묘연하다

깨지는 기분은 어떤 것일까

태어나는 기분이 끔찍했던 건
나가는 길이 머리보다 좁았기 때문이다

온몸으로 길을 넓히는

산에는 갇힌 돌들이 있었다

떨어지면 위험해서 철골로 된 우리에 가둬두었다고
표지판에 쓰여 있었다

몰려다니는 것들을 조심할 것

비는 촉촉한 식감을 유지한다
포슬포슬 익은 땅을 식힌다
개구리가 되었다는 소식은 듣지 못했다

신은 언제나 우리 곁에 있어요!
우비를 입은 사람들이 뛰어 내려가며 외쳤다

등산로 입구에서 엄마를 기다렸다

피부로 숨 쉬듯

개구리들이 뛰기 시작한다
흙길이 들썩인다

우르르르
낙석 주의

개굴개굴 소리를
한 마리 두 마리 세어보았다
박자가 흐트러지자
소리가 몸집이 되어 쏟아진다

왼손에 포크 오른손에 나이프

성의 내부는 수동 손잡이를 돌림으로써 시작되어 자동 개폐 장치가 닫히는 형태로 디자인되었다. 성벽의 두께는 6미터. 성 안 원형 정원 바닥에 있는 정사각형 돌에는 벌목꾼들의 이름이 낙서로 남아 있다. 성에서 혼자 탈출하는 것은 불가능하다. 성문은 한 사람에게 최적화되어 있고 한 사람의 움직임에 기민하게 반응하므로 500미터 전방에 움직임이 감지되면 닫힌다. 문에 발이 낀 사람도 있었다고 전해진다. 문은 철로 만들어졌다. 문의 무게는 사람의 무게보다 무겁다. 발 하나는 문과 대적할 수 있는 무게가 되지 못한다. 녹슨 흔적은 부분적이라는 점에서 흥미롭다. 연구자들에 의하면 시도는 한 번뿐이었을 것이라고 추측된다. 문은 흔적을 지우지 않고 전시하는 쪽을 택했다. 보이는 것은 환경이 된다. 보이는 것을 잊기는 쉽지 않다. 성에서 탈출한 자들의 모임(이하 '크루')에 따르면 성을 탈출하기 위해서는 둘 이상이 함께해야 한다. 말을 해야 하고 말이 뒤섞여야 하며 웃음이 말 사이에 끼어들어야 하고 웃음의 높낮이가 달라야 한다. 사람 한 명은 하나다. 한 사람의 눈동자에 다른 얼굴이 비칠 때 사람은 셋이나 넷이 될 수 있다. 눈동자 안에 생성된 인간을 문이 볼 수 없어서 탈출할 수 있었다고 크루 중 한 명이 말했다.

무단 오페라

성당에 갔다.

주일이 아니어도 사람들이 있었고

주일이 아니어도 주님을 보러 오는

사람들이 있어서 놀랐지만 두리번거리지는 않았다.

복도 끝에 시선을 맞추고 걸었다.

강당에서 사람들은 미사를 보고 있었다.

그들은 하얀 면사포를 머리에 얹고

두 손을 맞대고 있었다.

우는 사람은 없었다.

오르간 연주자가 옆구리에 동요집을 끼고

피아노를 향해 걸어갔다.

신도들이 웅성거리기 시작했다.

연주자는 피아노에 시선을 맞추고 거의 다 왔다는 듯

크게 발을 내디뎠다.

연주가 시작되었다.

드물게 웅성거림이 반복되었다.

신도들은 기도해도 소용없다는 것을 알고 있었다.

어떤 노래는 목소리를 입고

어떤 노래는 구겨진 외투를 털게 되는지

연주자는 알지 못했다.

미사라는 말은 법정에서 재판이 끝났다*Ite, missa est*고 선언한 데서 비롯되었다.

두 손을 비는 사람은 없었다.

양손을 균일하게 미는 힘만 있었다.

부산집 외

이지혜 | 어릴 때부터 집에 책이 많았다. 매일 페이지를 넘기다 어느 날부턴가 글을 쓰게 되었다. 2024년 〈서울신문〉 신춘문예에 당선했다. 꾸준한 마음으로 시와 소설을 쓰고 싶다.

부산집

그 집에서 자주 듣던 노래
겨울 바람을 모으고 흐트러뜨리다
언 손으로 꺼낸 노란 셔츠 같은

캘리포니아 가봤어?
조용히 좀 해봐
송의 딴청과 안의 목소리

빗소리를 흘리는 커다란 창
엔딩은 그 사이를 뚫고 나간다
네모난 테두리를
어쩌면 그건 사장의 뽈테
거기 눌어붙은 우리는
찌그러진 스피커 같고 물에 빠진 맥주 같고
어쩌면 꺾인 꼬챙이인지도 몰라

오늘은 오뎅탕 어떠냐며

뿔테가 묻고

김의 대답

그걸 만들게요?

뭘 만들어?

송이 딴청을 부리자

안이 맥주를 따고 나는 눈을 감는다

목을 비트는 것 같아서

어쩌면 벌 받는 기분

새소리를 사랑해 눈에 새긴 사람

민들레가 사라진 땅에 퍼트릴 감정

날개 달린 신발로 밤을 걷는 장면

우리가 만들지 못한 것

안의 목소리가 노랠 뚫고 나온다
조용히 좀 해봐

어떻게 신발에 날개를 달아
넌 정말 알 수가 없어
김이 말할 때
안의 자리가 슥 지워진다
날개를 다는 게 어떠냐고 말했던 김도
바닥을 드러낸 잔에 홀리듯
빨려드는 그날

뽈테가 오뎅탕을 가져온다
부산이 고향이라며

어떤 날이 올 거란 말은 알아들을 수 없다
안경알을 씻어내도 비치는 건 우리뿐이라

오뎅탕은 파도 냄새가 나 먹을 수 없고
뭐가 이 모양이야
송이 강냉이를 씹으니까
부서지는 소리 그러니까 파도가
밀려오는 파도에 여덟 개의 발로
사각형을 그리다
찌그러트리며
어쩌다가 직선을 그은 적도 있었잖아
어깨를 맞대고 파도를 따라나갔던

우리가 만들지 못할 것

우산 있어?

송이 묻고

어쩌면 그건 나일지도 몰라

삼 년 전에도 여기 오자고 한 건

나였다고

뭉툭한 막대에 기억을 꿰어낼 때

옆자리가 빗줄기에 덮인다

겨울 어느 날

흩어지는 소리에 끼어든 가사

서울역에 가면 부산집이 있고

창문은 닫혀 있다

나뭇잎이 갈색으로 물들고

하늘은 흐릿해지고

노래가 그 사이로 흘러 들어가

창을 밝힌다

날짜를 떼어내 모퉁이에 심었다

관둬야 할까 봐

내가 말하자

너는 답장을 보내왔다

수목원에 가보라고

길을 만들며 내려가는 너의 메시지

역에서 사십오 분이 걸릴 거야

마음이 흐트러지는 날엔

장미를 따라 걷다 연못으로 가봐

물에 뜬 수련이 그늘 위로

가라앉는 모습을 볼 수 있을걸

정자에 다다르면 가시도 필요 없이

하지만 혼자일 수 있고

식히기 좋지

정말일까 그게 좋을까
차창에 비친 내 옆자리는 내내 비어 있었고
버스는 오 분도 못 가
나를 철로변에 내려놓았다

부푼 설탕이 눌리는 냄새
바닥을 구르는 바퀴 소리
벽에 붙은 포스터에는 날짜가 적혀 있었다
요일을 거꾸로 세며
늘어선 철길을 따라 걸었다

거길 왜 따라 들어가
너는 묻겠지만

사람 없는 극장에서

영화제는 없고
이제 다 끝났다고
말하는 사람을 만났다
끝난 줄 모르게
포스터를 계속 붙여두었다고

포스터 중앙에 자리 잡은 기차역
두 아이가 플랫폼에 나란히 서서
이쪽을 바라보았다

삼척 탄광에 간이역이 있대
고사리역 다음에 하고사리역
까맣게 달라붙는 추위 속에서
마을 사람들이 이어 놓은
하얀 벽과 파란 지붕

마지막으로 열차가 들어오던 날
시작된 영화가 있고

끝나가는 시간을 기록한 영화는 끝나지 않는다고 해

멈춘 간이역에 대해 말하며
그가 건넨 것
객석에 혼자 앉아 돌아보았을 때
내 손끝에 되돌아온 그의 목소리
이천십구 년의 포스터

문을 열자 빛을 따라 새어 나오는
막다른 길에 대해서라면
정말이라고 믿을 수 있다고
따라오는 목소릴 곁에 두고 걸어나갔다

영화제 포스터가 벽에 붙어 있다
곧 기차에 타게 될 사람들
나는 날짜를 떼어내 모퉁이에 심었다

초행길은 아니지 않냐고 네가 물었잖아
골목은 처음 듣는 얼굴이었다

빛을 밟고

북토크가 시작되려 해
서둘러 전화를 끊었다

이제
새와 사람과 고래의 다른 점을 이야기해볼까요

바다 밑을 밀고 나가는 지느러미와
물속에서 헤엄치는 날개
디뎌본 적 없는 걸음을 향해
힘주어 펼친 아이의 손

사회자가 말간 얼굴로 잔을 잡았고
떨어지는 물방울이 허물어지는 모양을
나는 보지 않았다

잊고 싶은 농담으로 기억해달라는 사람
죽음이란 말은
집을 찾아가겠다는 말처럼 들리는데

책상 위에 놓아둔 유리잔
밖으로 퍼지는 색은 어둡고
익숙해서
흘러가지 않는다

북토크가 끝났고 걸려온 전화는 없다

거미는 눈도 다리도 여덟 개씩 있대
아이가 책을 덮고 나에게 말했다

해가 기울고 있었다

붉게 탄 찻잎처럼
색이 짙은 나무가 책방 앞에 서 있다

손을 얹듯 낙엽이 어깨에 떨어질 때
다시 떠오르는 안부

여덟 개의 눈으로 빛을 밟으며 내려오던 거미가
그림자로 보이고
발 위에 그물이 내려앉았다

어떤 말은 듣지 않고도 담을 수 있어서
닿지 못한 손을 잡은 것 같았고

잠긴 문 앞에 서서
벨을 누르면

잠가둔 내 방의 문이 열릴 것 같아
두 손을 쥐고 주저앉는다

모래알의 모양을 읽듯 들여다보고 싶다고
펼쳐지던 아이의 작은 손

여덟 개의 다리로 빛을 엮어둔
가느다랗고 눅눅한 줄을 풀어내기 위해

한 발 한 발 조여드는
내려오는 어둠 속에서
그림자 위에 얽혀드는 색을
나는 보았다

웰컴 투 디 애프터눈 외

황해담 | 울산에서 태어났다. 신문방송학 및 문예창작을 전공했다. 오후가 끝나려는 빛과 새벽이 시작되는 빛을 좋아한다.

웰컴 투 디 애프터눈

희미한 빛 속에 너무 많은 그림자 묻어 있다
상냥한 사람들과 부피 없는 걸음이
내 뒤에서 주렁주렁 웃는다

아름답고 무거운 날씨
이럴 땐 나의 윤곽이 간지럽다

애인의 장례식에서
조문객이 신었던 구멍 난 양말 같은
조심스러운 빙그레

선생님
난 어디가 아픈 걸까요?

셔츠를 목까지 잠그면서

비장한 척 애쓰지만

스티커처럼

웃음을 참을 수가 없었다

오늘은 맑음

오늘은 맑음

나를 뗐다 붙였다 할 수 있나요?

창밖에 비가 오고 있잖아요

선생님은 대답했고

안전상의 이유로 창을 열 수 없다는 경고문을 바라보며

빗방울의 감촉을 느껴보려 했다

아무리 문질러 봐도

이곳은 뽀드득하기만 하다

여기서는 비를 볼 수 있지만
냄새를 맡을 수는 없습니다

반듯하고 꼿꼿한 모서리로 이루어진
건물 밖엔 몸보다 큰 날씨가 있고

건물 안은 뒤집어 입을 수 있는 옷처럼
멀끔한 표정으로

킁킁

선생님 점잔을 빼면
기분은 왜 자꾸 발가락처럼 꼼지락거려요?

탈부착 가능한 날씨

가장자리 떨어지려고

나에게서 떨어지려고

창밖을 바라보았다

부피 없는 애인

오늘은 맑음

오늘은 맑음 인사한다

나는 곧 떨어질 것 같은 몸을 덜렁덜렁 붙인 채

미지근한 빛을 여기저기 묻히고 와

조심스러운 빙그레만

하지만 비 오는 날씨는
결국 같은 풍경으로 요약됩니다

비를 볼 수 있었다
얼굴은 창문에 묻은 얼룩 같았다

나를 문질러보았다

마주 보는 얼굴 위로
빗방울 하염없이 흘렀다

Take shelter![*]

사람들은 일제히 닫았다
눈꺼풀처럼 생긴 창을 약속이라도 한 듯
감았다 뜨면

안전하게 도착할 거라는
안내 멘트 흘러나왔고

어두운 복도처럼
잠을 향해 두껍게 쏟아지는 얼굴들
진열되어 있었다

투명하고 착해 보여
무서운 속도로 전진하는
얼굴 뒤에 얼굴 뒤에 얼굴 뒤에 얼굴

살아 있다는 믿음이 미끄러진다

상공에서 우리는
서로의 잠 속에 엉겨 붙어
시소처럼 기울고 있습니다 끝없는 생명력으로

나는 내 팔다리를 보고
틀림없다는 듯 눈을 감았다

눈꺼풀 누른 채 뾰족한 빛 가뒀다
무거운 얼굴 움켜쥐고
발아래는 티끌
살아 있는 건 죄다 꿈틀거리겠지만

나도 공중에 찍은 점 되어

하늘 위 먼지 되어

눈꺼풀 아래 눈동자처럼 작게 흔들리고 있겠지만

이곳은 한동안 문을 열고 나갈 수 없습니다

이렇게 무거운 풍경도

깃털처럼 파르르 떨린다니

상공을 날아다닌다니

무거운 몸 이끌고 하늘을 나는 새

뿔 달린 짐승과 마주칠 리 없다

(당연하다)

눈꺼풀 안에서도 의심하지 않았다

파르르 흔들리는 어둠 속에서

틈을 벌리고

헤드라이트 사이로 서서히 윤곽을 드러내는 순록

나란한 줄에 빼꼼 나온 키 큰 학생을 향해
뒤로 가! 뒤로 가! 외치는 선생님의 목소리처럼

가지런해질 것이다
미지근한 내일로 기울어질 것이다

결국 지속되는 빛 속으로
얼굴들 흘러가겠지
팔다리를 흔들며

감았다 뜨면

어둠 속에서 서로를 마주 보았다
선량한 눈 살아 있다는 안도감
우리의 어깨는 서로에게 포개기 충분했다

미끄러지는 얼굴 뒤
나의 머리 자꾸 뾰족해지고

뿔 달린 짐승이 도로 위에 있다
매서운 눈으로 총구를 겨누는 사냥꾼

나도 당신처럼 팔다리가 있기에

지금 이곳에서 달아나면

우리는 종잇조각처럼

팔랑팔랑 날아다니는 시체들이 되겠지

(의심할 여지가 없다)

나는 나에게 총구를 겨눈 사람 앞에서

터무니없다는 듯 어깨를 으쓱했다

손님 실례지만 안전을 위해 창을 닫아 주십시오

정중히 말하는 목소리

나는 안대를 낀 채 살아 있는 척 애썼다

* 〈테이크 쉘터〉(2013). 제프 니콜스 감독의 영화.

밤과 단어들

마니가 사라졌다

마니와 오랜 시간을 함께했지만
나는 아직도 마니의 모습이 불분명하다

마니를 부를 때마다 마니가 누구일까 생각했다
마니는 누구도 아니었지만
웅크리고 있다가 종적을 감추는 건
마니가 분명하다

나는 빈 창문을 바라보며 마니를 부른다
정체불명의 이름들이
마니를 향해 하나씩 호명된다

부르는 곳에

마니가 있을 리 없겠지 하지만

오래 웅크리고 앉아 있던 무릎은
그런 식으로 사라졌다

마니가 보고 싶으면 마니를 생각하면 돼
하지만 마니는 생각만으로 떠오르지 않았다

벌어지는 기억을 구기고
뒤통수 너머로 던지면

마니는 뒤에서 꼬리를 말고
가만히 고여 있을 것이다

아프고 절뚝대는 밤이

이따금 느린 걸음으로 나에게 왔다

더듬더듬거리며

마니의 걸음을 따라 했다
내디딜 때마다 더 많은 구석 생기고

구급차가 사이렌을 울리며 지나가면
종아리에만 빛이 닿듯이

작게 떨고 있는 구석 바라볼 때

그제야 마니는
까만 창틀에 앉아서 날 노려본다
너야말로 누구냐는 표정으로

어두운 창 앞에 웅크리고 앉아
마…… 니…… 하고 조심스레 부르면
마니는 대답이 없다

구급차 사이렌은
구석을 잠시 비추고 사라졌다

추천의 글

시

이기리 시인

시를 읽는 사람들에게 할 수 있는 말은 참 많다. 당신이 읽고 있는 시집, 저도 얼마 전에 읽었어요. 참 좋지요. 겨울에 무척 잘 어울리지요. 오, 그건 아직 못 읽었어요. 어땠나요. 당신의 감상이 궁금해요. 저도 조만간 꼭 읽어볼게요. 제목이 마음에 드니까요. 시를 읽는다는 이야기만으로도 한 시절은 거뜬히 보낼 수 있을 것 같다.

문제는 시를 쓰는 사람들이다. 시를 쓰는 사람들에겐 여전히 어떤 말을 해줄 수 있고 또 해야 하는지 어렵기만 하다. 시를 쓰는 사람과 만나면 종종 난관에 봉착한다. 밤새 치열하게 고민을 거듭한 끝에 나올 수 있을 법한 질문들에 갇힌다.

그리고 간혹 이런 사람을 만난다면, 당신이 평생 시를 쓰기로 작정한 사람이라면, 시 아니면 내 인생에 의미를 두지 않을 정도로 시 쓰는 삶에 간절하고 치열하다면, 유일하게 해줄 말이 있다. 함께 오래 써서, 시대를 잘 지나가도록 해요. 우리는 모두 비참한 시간을 통과하는 사람들입니다. 고통을 직시하는 자세로.

세상에 시를 쓰는 사람들은 의외로 많지만 직접 만날 일은 생각보다 없다. 시인은 그 대상이 무엇이든 간에 태생부터가 변절자이기 때문이다. 쓰는 이들은 오로지 글과 글의 간격을 잴 따름이다. 글로 만나, 글로 헤어진다.

심사평의 서두가 길어진 이유는 바로 여기에 있다. 또 하나의 모르는 얼굴이 쓰는 시들을 시대의 현장에서 읽을 수 있으리란 기대와 설렘 때문에. 심사는 뙤약볕이 내리쬐는 한여름, 2023년 8월 8일 오후 3시 한겨레교육 문화센터에서 진행되었다. 여러 편의 소중한 작품을 받아 읽었다. 심사에 임하는 모두 그만큼 더 꼼꼼하고 성실하게 읽고 고심하여 이 책에 수록할 작품들을 선별하였음을 밝힌다. 예심을 거친 여덟 분 중 여섯 분의 원고를 자리에 올리고, 논의 끝에 최종적으로 세 분의 원고를 뽑았다.

이열매의 〈입주민 외 주차금지〉 외 2편은 감정의 동요 없이 읽는 이로 하여금 심상에 몰입할 수 있도록 직관적인 언어를 구사하는 솜씨가 탁월했다. 그러면서도 시적 긴장감을 잃지 않는 호흡 또한 믿음직스러웠다. 〈입주민 외 주차금지〉가 "태어나는 기분이 끔찍했던 건 / 나가는 길이 머리보다 좁았기 때문"이라고 탄생의 순간을 매섭게 직시할 때, 우리는 한 세계의 '입주민'에 대한 개념을 재정의한다. 새로 지은 집에 살게 된 사람도, 다른 곳에서 온 사람도 아닌 그저 "깨지는 기분"으로 사는 사람. 독특한 성의 내부에서 성을 탈출하고자 하는 사람들을 보여주는 시 〈왼손에 포크 오른손에 나이프〉는 그 이미지를 한눈에 파악하기는 쉽지 않겠으나 시의 마지막 진술인 "눈동자 안에 생성된 인간을 문이 볼 수 없어서 탈출할 수 있었다고 크루 중 한 명이 말했다"를 눈여겨보면 좋을 듯하다. 시선이 물질이 되기도 하고 정신이 되기도 하는 이 기묘한 탈출이 감상에 흥미를 돋울 것이다. "어떤 노래는 구겨진 외투를 털게 되는지" "알지 못"하는 "연주자"가 곧 시인일 것이다. 기도하는 와중에 자꾸 물질과 정신을 혼동

하여 "양손을 균일하게 미는 힘"밖에 남지 않는 "두 손"을 텅 빈 감각으로 갖는 사람이 시인일 것이다.

이지혜의 〈부산집〉 외 2편은 시적 화자들의 대화가 자연스럽게 운용되면서도 말과 말 사이에 놓일 수 있는 이상한 간격을 놓치지 않고 포착하면서 그 틈으로 선명한 이미지들을 매끄럽게 펼친다. 어디에서나 만날 수 있을 법한 포차 '부산집'에는 "엔딩"이 "빗소리를 흘리는 커다란 창"을 뚫고 나가면서 "사장의 뺄테"에 "눌어붙은 우리"가 그 자리에 겹쳐진다. 〈서울, 1964년 겨울〉의 또 다른 장면처럼 겨울날의 초상을 한입 베어 문 듯 "흩어지는 소리에 끼어든 가사"를 주고받는다. 어떤 미래를 그리는 듯하지만 아직 잘 잡히지는 않고 아마도 잡히지 않기에 미래라고 부를 수도 있을 장면들을 제시한다. 이야기의 매끄러움은 〈날짜를 떼어내 모퉁이에 심었다〉라는 작품에서도 두드러진다. "막다른 길에 대해서라면 / 정말이라고 믿을 수 있다"고 말하는 화자의 마음이 곧 시인이 가고자 하는 길이었을 것이다.

마지막으로 황해담의 〈웰컴 투 디 애프터눈〉 외 2편은 시의 호흡을 다루는 면에서 매우 안정적이었다. 〈웰컴 투

디 애프터눈〉에서 화자는 "상냥한 사람들과 부피 없는 걸음"으로 "주렁주렁 웃는" 이들을 감지하며 목소리를 낸다. 한낮의 오후를 바라보며 "오늘은 맑음"이라는 말을 주문처럼 외워보아도 "건물 밖엔 몸보다 큰 날씨"가 있고, '나'는 간지러운 "나의 윤곽"을 어찌할 수 없이 창을 바라본다. "마주 보는 얼굴 위로 / 빗방울 하염없이" 흐르는 모습을 보는 일은 나라는 주체성의 존재적 위협으로부터 타자를 인식하는 배경이 된다. 시는 내면의 숨결을 꺼내 세계의 구성원으로서 여지없이 나와 나를 마주 보는 일이기 때문이다. 그 사이로 언제나 빗방울이 문장처럼 흐를 것이다. 또한 다른 시에서 "살아 있다는 믿음이 미끄러진다"거나 "작게 떨고 있는 구석"을 바라보는 말과 태도는 거듭하여 존재를 의심하는 과정에서 존재를 향해 피어오르는 절실한 믿음으로 나아간다.

한 번 봉쇄 수도원에 들어간 사제는 다시는 그곳에서 빠져나올 수 없다. 사제는 바깥세상과 일체 단절되어 유일하고도 무한한 공간에서 평생 수련해야 한다. 그 공간은 어찌 보면 정말 바깥과 무관해 보일지도 모른다. 그러나 그 공간은 정말 바깥과 무관한가. 우리는 이 책을 통해 시를 쓰는 사람들을 몇 명 더 알게 되었다. 이들은 언제나 자신의 방으로 들어가 스스로 어둠을 걸어 잠그는 자들이다. 단절은 곧 해방을 촉구한다. 시인은 밀폐된 공간 속에서 자유를 느끼며 언어를 획득한다. 지금부터는 당신이 이들의 시를 읽고 물을 차례다.

김근 시인

한겨레교육 시 창작 수업 수강생들을 대상으로 한 공모에서 이열매, 이지혜, 황해담의 시가 최종적으로 손에 남았다. 세 분 모두 섬세한 언어적 감각으로 진지하게 시의 길을 걸어가고 있다는 사실을 확인할 수 있었다.

이열매 시의 현재는 기분으로 이루어진다. 이열매 시에서 기분은 기분 이전의 기분이다. 그러나 기분은 꼭 긍정적인 면만을 지니고 있지는 않다. 굳이 "태어나는 기분"의 끔찍함마저 그의 시가 기억하려는 건, 그래서 현재를 재구성하려는 건 이 구원 없는 세상에서 타자만이 유일한 "문"이기 때문이다. "보이는 것을 잊기는 쉽지" 않지만 아직 안 보이는 세계의 시간으로부터 온 그들에게서 이열매는 "한 사람의 눈동자에 다른 얼굴이 비칠 때 사람은 셋이나 넷이 될 수 있다"는 가능성을 발견하려는 것처럼 보인다. 기도가 무의미해진 자리에서 그가 찾아낸 "양손을 균일하게 미는 힘"은 그러므로 '바깥'을 향해 있다. 예민한 감각과 시적 긴장을 일으키는 리듬이 실린 그 힘이 우리를 바깥으로 밀고 있다는 '기분'을 느끼며 그의 시를 읽었다.

이지혜의 시는 무언가 실패한 자리에서 시작된다. 이상은 좌절되고 관계는 파국에 이르고 전망조차 부재한 현실 안에서 그는 우리가 보지 못한 자리의 역설적인 감각을 포착해낸다. 그 시의 역설은 우리가 회피하고 싶었던 현실의 단면을 적나라하게 드러내 보이지만, 그는 거기에 머물러 있지만은 않다. 이 도저한 실패와 역설의 현실 속에서도 그의 언어는 "노래"를 찾으려 하고 잊힌 "목소리"를 되새기려 하고 어둠 속에서도 "그림자 위에 얽혀드는 색"을 끝내 구별하려고 한다. 그가 아직 세계를 포기하지 않았다는 증거다. 그의 시는 우리에게 그만한 믿음을 주었다. "디뎌본 적 없는 걸음을 향해 / 힘주어 펼친 아이의 손" 같은 단단한 믿음 말이다.

황해담의 시를 관통하는 것은 불안이다. 중얼거리는 듯한 불안의 말들은 종종 그의 시에서 환유적 이미지로 미끄러지며 자아도, 세계도, 시간도, 살아 있음도 불확정적인 것으로 만들어버린다. 나를 확인시켜주리라고 믿었던 타자는 사라지고 좀처럼 보이지 않는다. 이를테면 그의 시는 자아와 세계와 시간의 타자를 찾아가기 위한 불안한 몸부림인 셈이다. 우리는 그 불안에 매력을 느낄 수밖에 없었다. 그의 불안이야말로 익숙하다고 믿었던 우리 자신과 이 낡은 세계를 낯설고 새롭게 바라보는 힘을 주기 때문이다. 그의 중얼거림이 계속되길 기대한다.

세 사람의 서로 다른 목소리가 독자에게 가서 어떻게 변화하고 다시 태어날지 상상하고 지켜보는 것은 또 다른 기쁨이다.

김선오 시인

다양한 목소리가 등장하기 위해서는 다양한 무대가 존재해야 한다. 문학은 무엇이다, 라는 진부한 수식이 문학이 서 있는 무대를 신성시하고 일원화하는 방식으로 좁혀가는 동안 춥고 어두운 맨바닥을 무대로 만들어온 움직임들이 있었을 것이다. 관객석이 곧 무대인 곳이 존재한다면, 문학이 유동할 수 있는 자리는 더욱 넓어질 것이고, 그 안에서 자유로운 교환과 파동이 발생할 것이다.《셋셋 2024》는 각각의 목소리에게 적당한 자리를 마련해주기 위한 과정이었다. 무대이기도 관객석이기도 한 이 책에서 목소리들은 각자의 역할을 입고 독자에게 전달될 것이다. 고요한 무대를 밝히는 첫 번째 대사로써, 이 시들이 앞으로 얼마나 멀리까지 갈 수 있을지, 이열매, 이지혜, 황해담이라는 이름이 어떤 표정과 소리와 움직임을 우리에게 전해줄지 오래도록 기대하며 지켜보고 싶다.

2024

초판 1쇄 인쇄 2024년 1월 15일
초판 1쇄 발행 2024년 1월 31일

지은이 송지영 성수진 정회웅 이열매 이지혜 황해담
펴낸이 이상훈
문학팀 김다인 최해경 하상민
마케팅 김한성 조재성 박신영 김효진 김애린 오민정

펴낸곳 (주)한겨레엔 www.hanibook.co.kr
주소 서울시 마포구 창전로 70(신수동) 화수목빌딩 5층
전화 02-6383-1602~3
팩스 02-6383-1610
대표메일 munhak@hanien.co.kr

ISBN 979-11-6040-724-2 03810

• 값은 뒤표지에 있습니다.
• 파본은 구입하신 서점에서 바꾸어 드립니다.